LA FANFARONNE

Née en 1933, Geneviève Dormann est une femme de lettres, journaliste et écrivain française. Auteur de romans, essais littéraires, biographies et scénarios, d'une plume brillante, tendre et insolente, on lui doit notamment *Je t'apporterai des orages*, *Le Roman de Sophie Trébuchet* (prix Kléber-Haedens), *Le Bal du dodo* (Grand prix du roman de l'Académie française) et *Amoureuse Colette*.

Paru dans Le Livre de Poche :

ADIEU, PHÉNOMÈNE

AMOUREUSE COLETTE

LE BAL DU DODO

LA GOURMANDISE DE GUILLAUME APOLLINAIRE

LA PETITE MAIN

LE ROMAN DE SOPHIE TRÉBUCHET

GENEVIÈVE DORMANN

La Fanfaronne

ROMAN

ALBIN MICHEL

Première édition : Le Seuil, 1959.

ISBN : 978-2-253-16036-6 – 1re publication LGF

On est princesse, ensuite, on l'a mérité.

Henri MICHAUX.

J'ai longtemps souhaité qu'il m'arrivât un malheur exceptionnel qui pût, à bon droit, me rendre *intéressante*, une de ces catastrophes éclatantes dont on ne sort qu'avec le cœur amaigri, les yeux cernés et la considération générale. J'enviais ceux dont on dit que le sort s'acharne sur eux, soit qu'ils perdent leur famille entière dans la même semaine (ou même en quelques années, ce qui n'est déjà pas si mal et beaucoup plus vraisemblable), soit qu'une maladie incurable les ait condamnés eux-mêmes à une mort douce mais inévitable, à brève échéance.

M'aimant peu, je ne reculais devant aucun excès d'imagination susceptible de m'attendrir sur mon propre compte. Tour à tour, je me suis vue en orpheline désemparée, jetée dans le monde dès sa quinzième année, avec de grands yeux tristes et un tendre coude perpétuellement levé pour parer les coups du ciel; en femme égarée parce qu'on venait de tuer le seul homme qu'elle ait jamais aimé (j'aurais découpé mon chagrin sur un fond de mer, avec un petit visage durci par l'adversité, les cheveux au vent du malheur, toutes larmes bues, et le tout, de préférence, à la tombée d'un jour). Je me suis assise près d'un enfant mort, hurlant à la lune et secouant le petit corps, dans l'espoir bien naïf de le ranimer. Je me suis traînée en mendiante échevelée, en aveugle abandonnée dans la gare Saint-Lazare, en fille-mère jetée à la rue par *les siens* déchaînés, ou en tuberculeuse diaphane que le moindre courant d'air risquait d'emporter. J'ajoute que je manquais rarement à couronner ces imaginations malheureuses par l'évocation de ma propre mort, ce qui avait le don de me bouleverser tout particulièrement. J'en réglais soigneusement les détails, depuis l'accident rapide qui terrifiait tout un quartier, jusqu'à l'enterrement en Mozart mineur, en passant par mon beau visage glacé entre deux cierges, près duquel on viendrait affirmer que ma jeunesse était brisée (comme si l'évidence de la chose ne suffisait pas), que ç'avait été *d'une rapidité effrayante* et, d'une manière générale, qu'on m'avait beaucoup aimée.

La mort jouait un grand rôle dans mes tableaux noirs. Je croyais naïvement qu'elle signifiait la fin de tout espoir raisonnable et je pensais qu'on ne peut vraiment souffrir que parce que quelqu'un est mort au loin, ce qui revient au même. Je n'avais pas l'imagination assez raffinée pour supposer qu'on pût être malheureux, simplement parce que quelqu'un est vivant et à la portée d'un coup de téléphone. Je n'avais pas prévu, en un mot, l'existence de Thomas.

I

Le nom de Thomas Sandier m'était depuis longtemps connu. Marc le prononçait souvent, Thomas et lui ayant ramassé, aux mêmes années, la crasse du collège Stanislas.

En près d'un an, d'ailleurs, j'avais vu défiler au moins une classe complète de cet illustre nid à poussière. Nous en avions fait un sujet de plaisanterie, Marc et moi. Il était rare, en effet, lorsque nous étions invités quelque part, de ne pas voir un garçon venir à Marc, les yeux plissés par un effort de mémoire. La phrase rituelle ne tardait pas. « Dis donc, tu n'étais pas à Stan, toi ? » Je pouvais m'en aller. Je n'avais plus rien à voir dans cette affaire. Je savais tellement, par cœur, ce qui allait suivre, que j'aurais pu remplacer Marc si une subite défaillance lui avait coupé la parole. Je savais à quel moment il convenait de rire, à quel autre de lever les yeux au ciel. « Mais alors, disait-on, tu as connu X, Y… ! – Ah ! là là ! ne m'en parle pas !… » On gardait Thomas Sandier pour la bonne bouche, lorsqu'on en avait terminé avec Mèchecaze-la-terreur, la Saint-Charlemagne, l'odeur caractéristique des couloirs, et la première communion des années 40. On laissait passer un silence puis quelqu'un disait : « Et Sandier ? Tu te souviens de Sandier ? »

J'appris ainsi un bon nombre d'histoires dont ce fameux Sandier était toujours le héros. À en croire ses anciens condisciples, Sandier était capable de tout et aucun pion, de la sixième à la philo, n'avait pu venir à bout de son insolence ni de ses inventions extraordinaires. Dix ans plus tard, on rapportait ses faits et gestes, on en riait, on les admirait encore un peu. Sandier, à ce qu'on me dit, joignait à une drôlerie irrésistible une faculté extraordinaire d'apprendre et de comprendre qui le mit toujours à l'abri du renvoi ignominieux que sa conduite aurait suffi à entraîner. Sandier faisait rire la classe. Il singeait son père, le général, en récitant ses leçons d'histoire et ne respectait pas même sa sainte religion puisqu'il eut le mauvais goût, durant tout un trimestre, de faire croire à ses maîtres qu'il se sentait irrésistiblement attiré par l'état religieux. Il prit même un air tellement compassé qu'on ne sut jamais, lorsqu'il déclara un jour que sa vocation était digérée depuis la veille au soir, ce qui s'était passé ni à quel moment il avait dit vrai. Sandier affectait de ne suivre aucun cours. Il consentait à peine à ouvrir ses livres, *pour avoir la paix*, disait-il, et apporta même, un jour, un tricot… *afin de ne pas perdre mon temps.* Pourtant, lorsqu'on l'interrogeait, Sandier répondait toujours avec justesse et ses devoirs étaient souvent les meilleurs de la classe. Un camarade de Marc l'avait rencontré.

Sandier, savait-on, faisait sa médecine, il y avait cinq ans de cela, c'était tout.

À force d'entendre parler de lui, Sandier était devenu pour moi un personnage familier auquel je prêtais un visage inventé de toutes pièces, Marc ayant été incapable de me le décrire précisément. « Plutôt grand, plutôt blond… », avait-il répondu à mes questions. J'avais ajouté de mon cru tout ce qui devait compléter l'image de ce Lafcadio. Sandier, décidai-je, devait avoir une mèche sur le front, des yeux durs, un profil aigu, la chemise ouverte et le chandail insolent. Sandier aurait éternellement dix-huit ans et les doigts tachés d'encre. C'était un personnage immobile, placé en dehors du temps, ni vraiment vivant ni vraiment mort, comme ces gens qui occupent les pages des romans et à l'existence desquels on ne croit jamais tout à fait. Je n'aurais pas pensé, par exemple, que Sandier pût respirer, marcher ou dormir au moment où je l'évoquais, comme chaque geste de Thomas résonne maintenant en moi, à travers l'espace et le temps. Sandier, je le connaissais si bien que je n'y croyais plus.

On comprendra mon étonnement lorsque, à cette soirée chez les Walbaum où nous avions été invités, j'entendis Marc dire le plus tranquillement du monde : « Tiens, voilà Sandier… » en désignant, au lieu du garçon extraordinaire que j'attendais, un homme d'une trentaine d'années, vêtu d'un costume sombre et que rien, au premier abord, ne distinguait de tous ceux qui se trouvaient là.

Pendant qu'on me présentait Thomas Sandier, je cherchai vainement sur lui quelque chose qui pût correspondre au Sandier que j'avais inventé. Où étaient l'insolence légendaire, la cocasserie de Thomas Sandier ? Il disait : « Je suis très heureux de vous connaître » comme n'importe qui. Il avait le même geste que Marc pour assurer la position de sa cravate : un geste d'homme sans histoires. Où étaient les yeux durs de Sandier ? Les siens étaient d'un bleu très doux, un peu rêveurs. Il n'avait pas de mèche sur le front et ses mains n'avaient conservé aucune trace d'école. J'étais très déçue.

Les Walbaum habitaient une grande villa en bordure du bois de Boulogne. J'aimais bien aller chez eux.

Sophie Walbaum avait la douceur de ces femmes qui, passé un certain âge, n'ont pas renoncé à plaire mais que l'amour n'intéresse plus. Elle était calme, elle comprenait tout très vite et ne s'étonnait de rien. Moi, qui, d'une manière générale, me méfie des femmes et ne recherche pas leur compagnie, j'avais admis Sophie comme exception à ma règle de prudence. J'avais de l'amitié pour elle, je la trouvais juste. J'aurais aimé que ma mère lui ressemblât.

L'été, j'allais souvent passer l'après-midi avec elle. Nous mettions des fauteuils dans le jardin, nous parlions, nous nous étirions au soleil. On entendait Paris gronder au loin. Il y avait de l'herbe, des arbres : c'était presque la campagne. Frédéric Walbaum traversait parfois la maison, embrassait sa femme à la volée et repartait vers des *affaires* dont Sophie voulait tout ignorer.

La dimension des pièces du rez-de-chaussée permettait des réceptions d'une certaine importance et Sophie invitait beaucoup. J'aimais le mouvement de ces soirées où l'on ne connaissait jamais tout le monde. Rien de commun avec ces petits cercles qui tournent sur eux-mêmes, où chacun connaît chacun sans qu'aucune surprise soit possible. Les soirées de Sophie ressemblaient à un voyage. On s'y embarquait pour la nuit, sur un fond de musique.

Je me souviens que, ce soir-là, je dansai beaucoup. La présence de Sandier m'énervait sans qu'il m'eût été possible d'expliquer pourquoi. Je ne pouvais tenir en place. Je me mis en frais pour des gens que je ne connaissais ni d'Ève ni d'Adam, je bus plusieurs coupes de champagne, que je déteste, et je devins tout à coup extrêmement tendre pour Marc qui, je crois, n'en est jamais revenu. « Tu es malade, s'inquiéta-t-il, tu veux que je te raccompagne ? » Non je n'étais pas malade. Je faisais la folle, pour rien. « De la bonne humeur, Marc, ce n'est pas grave, cela passera ! »

Sandier parlait, accoudé à la cheminée. Je passai près de lui. Il me regarda distraitement d'abord, puis tout à coup il me fit un signe et sortit du cercle où il se trouvait. J'aurais juré qu'il venait me demander un renseignement, un sandwich ou bien l'endroit où se trouvait le téléphone, n'importe quoi, mais pas de danser avec moi comme il le fit très sérieusement et de cet air un peu timide dont j'appris plus tard qu'il ne fallait pas s'y fier.

Nous dansâmes, c'est-à-dire que nous nous mîmes à marcher sur une musique très douce au milieu de gens qui faisaient comme nous. Sandier était grand. Je ne voyais qu'une partie de son visage. Il tenait ma main droite légèrement appuyée contre sa poitrine, l'autre se perdait avec discrétion, quelque part dans mon dos. C'était vraiment n'importe qui, Sandier ! Il avait une épaule sur laquelle on devait pouvoir poser sa tête par fatigue, sinon par tendresse, pendant les trop longs disques.

La danse est décidément un prétexte d'une hypocrisie sans pareille puisqu'il suffit d'un air de *blues* pour autoriser un homme — à qui on n'aurait pas accordé le bout de ses doigts, cinq minutes plus tôt – à vous promener impunément dans ses bras pendant un bon quart d'heure ! Thomas Sandier n'abusait pas de la situation. La pression de ses doigts restait la même ; l'autre main dans mon dos était sage.

La musique traînait un air de trompette très doux. Une voix grave se cassait sur des mots :

… so sweet, so cold, so bare…

Mes jambes allaient toutes seules, hésitaient en temps voulu, évitaient celles de Thomas avec une adresse que je ne leur aurais jamais soupçonnée, mais j'avais toutes les peines du monde à tenir ma tête droite, à une distance raisonnable de celle du garçon.

La joue de Thomas attirait mon front, c'était indiscutable. Il aurait été si simple de s'appuyer l'un sur l'autre, pour un instant seulement ! De se laisser aller un peu, d'un demi-centimètre, au lieu de se crisper dans cette proximité maintenue si péniblement !

À la fin, j'en ai eu assez d'avoir une oreille sous les yeux, une épaule anonyme sous le menton. J'avais envie de regarder Thomas Sandier, mais c'était difficile, sans rompre l'équilibre que nous avions établi à petits pas, depuis quelques minutes. Dangereux, par surcroît ! Il aurait fallu bouger, tourner la tête. C'était trop. Je décidai d'utiliser l'oreille et je m'en approchai :

— Alors, Sandier, on fait toujours sonner des réveils pendant les cours de latin ?

Thomas tourna la tête en m'écartant légèrement.

— Qui vous a raconté cela ?

Il riait, prenait un nouveau visage beaucoup plus *Sandier* que l'autre. Il me regarda encore curieusement, mais sans surprise, cette fois.

— Non, dit-il, je fais bien pis. Un autre genre de farces. Je soulage la misère humaine, Mademoiselle, je graisse les vies rouillées, *je fais dans le dévouement*. C'est fou ce que je suis dévoué pour mon prochain ! Il m'arrive, au moins dix fois par jour, de m'en apercevoir avec une satisfaction qui serait certainement intolérable si je la laissais paraître.

— Vous êtes médecin, je crois ?

— C'est cela, dit-il comme si je venais de lui proposer une solution qu'il cherchait depuis longtemps, médecin, docteur, guérisseur et consolateur.

— Vous trouvez cela tellement ennuyeux ?

— Oh... cela donne des satisfactions, vous savez. C'est comme tout ! Et puis on se fait de l'argent de poche. D'ailleurs le sentiment de *bien agir* n'est vraiment agréable que lorsqu'il se concrétise d'une manière ou d'une autre, sans quoi on s'y perd ! J'avais pensé, un moment, utiliser mes bonnes intentions naturelles en embrassant l'état religieux. J'aurais été un humble moine, le plus humble parmi les humbles. J'aurais soigné des lépreux, balayé mon cloître, arrosé les salades du couvent ou fait la vaisselle pour la gloire du Seigneur. J'aurais passé des nuits à me considérer plus bas que terre. J'aurais réclamé des épines, des clous, des marteaux, n'importe quoi pour faire contrepoids au Péché du monde. Et puis, qui sait ? Je serais peut-être devenu pape (ça aurait fait plaisir à maman), un pape souffrant, dans son humilité, d'être condamné au brocart, aux jardins de Castel Gandolfo, aux somptueuses voitures, à l'acclamation des foules et aux honneurs répétés des Actualités... Il y avait là, sans doute, beaucoup d'orgueil et Dieu m'empêcha de tomber dans ce piège que j'étais en train de me tendre tout seul... La vertu pratiquée gratuitement est très vite illimitée. Elle pousse à la démesure, à l'excès, et tout excès est condamnable, bien sûr ! Je n'en aurais jamais fait assez. Je me connais : je n'aurais jamais pu m'arrêter d'être bon, saint, compatissant et tout et tout. La profession médicale me permet, au contraire, de donner libre cours à mes bons sentiments tout en limitant raisonnablement mon zèle. Les tarifs syndicaux sont d'excellents points de repère pour les examens de conscience. Je peux, par exemple, constater d'un seul coup d'œil que mon dévouement s'est élevé à dix ou quinze mille francs dans une journée. C'est beaucoup plus précis et moins flatteur que de considérer les souffrances apaisées, les angoisses calmées et que sais-je encore…

« J'aurais dit n'importe quoi, ajouta Thomas, beaucoup plus tard. Toutes les bêtises qui me passaient par la tête. Je t'avais invitée à danser pour faire quelque chose, parce que les gens qui étaient près de moi m'ennuyaient, parce que tu passais à ce moment-là, parce que tu avais un curieux visage… Je fus très surpris lorsque tu rappelas, tout à coup, cette histoire de réveils. C'était comme si ta voix m'était depuis longtemps familière. Je reconnaissais quelque chose en toi. J'avais envie que tu restes près de moi. J'aurais fait le pitre pendant des heures pour t'amuser, pour que tu me regardes un peu. »

Le disque se termina sans que nous nous en aperçûmes. J'écoutais Thomas, je riais comme cela m'arrivait rarement. Nous avions le même vocabulaire, le même tour de mauvais esprit qui nous faisait, au même moment, nous divertir d'un ridicule que nous avions été seuls, peut-être, à ne pas laisser échapper. Sandier n'était pas celui que je croyais, il était pis que cela : il me ressemblait d'une façon étonnante.

Je serais incapable de dire combien de temps encore nous fîmes aussi insolemment bande à part, ni de rapporter toutes les paroles que nous jetâmes entre nous comme des ponts fragiles. Ceux qui, pour nous, étaient déjà devenus *les autres* se mêlèrent à nous mais sans interrompre le courant secret qui venait de s'établir. Quelqu'un parlait d'art baroque, d'un procès qu'on jugeait à ce moment-là, de films, de livres. Nous occupions un coin du salon. La nuit avançait. Deux couples dansaient encore avec une obstination qui, à cette heure, prenait figure de compétition sportive. La plupart des invités étaient déjà partis. Je me souviens très exactement des visages qui nous entouraient. J'étais assise sur un divan entre Sophie Walbaum et Jean-Paul Fourrier. Par terre, en face de moi, Thomas et Bruno Lasenne. Marc, légèrement en retrait, m'observait. Je lui trouvai l'air triste. On aurait dit qu'il était en train de se gommer. « J'étais mal à l'aise, me dit-il plus tard. J'étais content d'avoir revu Sandier et il m'était désagréable de le voir près de toi. Vous aviez le même air. Sans raisons précises, j'aurais voulu pouvoir vous séparer, brouiller quelque chose entre vous, faire que vous ne vous soyez jamais rencontrés et je savais que je n'y pouvais rien. »

Nous prîmes congé des Walbaum vers trois heures du matin. Thomas Sandier sortit en même temps que nous. Nous nous trouvâmes seuls quelques minutes sur le palier. Le visage de Thomas s'était refermé. Marc s'attardait auprès de Sophie, une main sur la porte ouverte. Thomas voulut dire quelque chose, je le sentis. Son regard alla de la main de Marc sur le bouton de la porte, à moi, s'affola une seconde.

— Que vous arrive-t-il ?

— Je ne sais pas, dit-il en ouvrant les doigts. Rien, sans doute, ou une *vapeur* sans importance.

Ils se serrèrent la main, Marc et lui. « Dis donc, vieux, il faut qu'on se voie… » Les portières des voitures claquèrent. Thomas Sandier partit le premier. Nous le suivîmes quelque temps, roues à roues, tandis que Marc s'amusait à l'éclairer de ses phares, puis nous le perdîmes au viaduc d'Auteuil. Moi, je tombais de fatigue et je m'endormis contre l'épaule de Marc.

II

Il fut peu question de Thomas Sandier pendant les trois semaines qui suivirent la soirée des Walbaum. Marc venait d'obtenir la commande d'un groupe d'immeubles à construire dans la région parisienne. Il devait effectuer ce travail en collaboration avec deux autres architectes et il leur arrivait très souvent de passer la nuit à la maison, penchés sur de grandes feuilles de papier couvertes de chiffres et de dessins. Je préparais des litres de café, j'apportais des sandwiches, on me faisait la cour entre deux épures, puis on me renvoyait poliment à mon oreiller. J'aimais bien cette vie un peu irrégulière. J'aimais bien Marc. Depuis trois ans que nous étions mariés, il ne nous était pas arrivé une seule fois de nous fâcher vraiment. Il est vrai que nous nous voyions fort peu. Marc passait ses journées sur des chantiers ou à son agence. Je travaillais à un hebdomadaire pour lequel j'écrivais des articles que Marc illustrait. Je traînais dans Paris, à travers des bibliothèques. J'allais parfois, en service commandé, demander à des gens célèbres pourquoi ils l'étaient et ce qu'ils pensaient de l'existence. Je retrouvais Marc le soir et nous faisions des projets grandioses pour plus tard, lorsque nous aurions gagné beaucoup d'argent. Il nous aurait bien fallu deux vies à chacun et des millions pour mener à bien tout ce que nous nous proposions : partir pour le Japon, faire des courses de voitures, acheter une île pour les vacances et l'hôtel Biron pour l'hiver, restaurer un château normand, et rassembler une collection de tableaux italiens du Quattrocento, etc.

Ma vie coulait tranquillement, semblable certainement à celle de tous les gens de mon âge et si l'ennui, certains jours, me poussait aux larmes, je ne m'estimais pas vraiment malheureuse puisque je n'avais aucune raison de l'être. Je n'étais pas douée pour le bonheur, voilà tout.

Thomas Sandier m'avait demandé mon adresse pour m'envoyer un livre de Gide qui s'appelait *Paludes* et qu'il était inadmissible d'ignorer plus longtemps.

Trois semaines, donc, après la soirée chez les Walbaum, j'achevais de recopier un texte que je devais donner le soir même, lorsque le téléphone sonna.

— Allô, ici le directeur du collège Stanislas. Je voudrais parler à l'élève Marianne, s'il vous plaît…

Je reconnaissais mal la voix de Thomas, elle me semblait plus grave, plus lente. On voulait seulement savoir comment je me portais, on espérait bien ne pas me déranger sans quoi il suffisait de le dire… On avait un livre pour moi, l'avais-je oublié ? On n'osait le confier à la poste qui ne marchait pas toujours aussi bien qu'on pouvait le croire. On préférait me le remettre directement.

J'aurais très bien pu dire à Thomas de passer à la maison. Je ne sais quelle idée me fit lui donner rendez-vous à l'autre bout de Paris dans un café aperçu un jour près de la place de l'Odéon. C'était stupide et maladroit mais il était trop tard. J'avais déjà raccroché l'écouteur. J'entendais encore les derniers mots de Thomas : « Alors, à demain. »

Je ne sais pas non plus ce qui me poussa pendant le dîner à faire part à Marc de ce rendez-vous. Il m'arrivait très souvent de sortir seule ou avec des gens que Marc ne connaissait pas, sans que celui-ci ait jamais exigé un compte de mes actes. Il m'accordait une confiance que je méritais assez bien.

— Ah, oui, dit-il, tu as rendez-vous avec Sandier ? Très bien.

Et moi, bêtement :

— Quoi, très bien ? Qu'est-ce que ça veut dire « très bien » ?

Je devenais injuste, agressive.

— Ça veut dire que c'est tout à fait normal, dit Marc calmement et il ajouta : Sandier est amoureux de toi, je suppose, ou il va l'être ?

— Tu es fou. Je ne le connais pas, je ne l'ai vu qu'une seule fois. Il veut me donner un livre, c'est tout... Mais si tu ne désires pas que j'y aille, tu sais, je n'irai pas !

J'aurais bien voulu, au fond, que Marc me demandât de ne pas voir Sandier. J'espérais obscurément qu'il allait le faire, mais il me prit le menton et me regarda droit dans les yeux.

— Tu peux faire tout ce que tu veux, tu le sais bien. Essaie seulement de ne pas faire trop de bêtises. Je t'aime, Marianne... Et de toutes façons, ajouta-t-il, on ne peut rien contre toi.

Au lieu de m'apaiser, ces paroles de Marc me crispèrent un peu plus. Il me rappelait ma mère. C'était le coup de la confiance, la pire des choses. « Regarde, Marianne, je pose des bonbons sur la table, je les laisse, parce que je sais bien que ma petite fille n'y touchera pas, parce qu'elle est gentille ma petite fille et qu'elle sait bien qu'elle aurait mal au ventre si elle les mangeait, qu'elle ferait de la peine à sa maman, aussi... » J'avais horreur de ce genre de ruses. Je trouvais que cette façon d'agir était déloyale, perfide. Bien entendu, je me précipitais sur les bonbons dès que ma mère avait tourné les talons, sans envie, pour lui donner une leçon.

Lorsqu'il me vit sur le point de partir, le lendemain, Marc plaisanta :

— Mademoiselle va à son rendez-vous galant ? Qu'il y a donc d'heureux mortels !

Ce ton me convenait.

— Mais oui, cher Monsieur, je vais à mon rendez-vous, mais le mortel qui m'attend sera bien moins heureux que vous le dites, je vous l'assure, et s'il croit trouver en moi son bonheur, il en sera pour ses frais.

— Je l'espère, dit Marc en m'accompagnant jusqu'à la porte.

Thomas m'attendait. Je le vis à travers la glace, assis à une table, le menton dans sa main. Le café était encore plus ignoble que je l'avais pensé. Un néon violent éclairait la salle. Tout était triste, bruyant et sale.

— Allons-nous-en, dis-je, cet endroit est affreux, je ne sais vraiment pas pourquoi je vous ai demandé de venir ici.

Nous cherchâmes dans la voiture où nous pourrions bien aller. Cela nous importait peu, en vérité, mais cela nous donnait une contenance, nous forçait à parler. Thomas proposa la gare d'Austerlitz, le bar du Crillon ou le quai de la station de métro Saint-Augustin qui, paraît-il, se prêtait fort bien à la conversation. Nous n'allâmes nulle part et, pendant deux heures, nous sillonnâmes Paris en tous sens, complètement indifférents à la direction que prenait la voiture. Thomas conduisait lentement, freinant aux feux rouges, par habitude, et quelquefois si rapidement que nous manquâmes à plusieurs reprises de nous casser la tête contre le pare-brise. Il semblait que le simple fait d'être assis l'un près de l'autre suffît à nous combler. Tout le reste n'était qu'un prétexte à cette proximité : les paroles que nous prononcions sans les entendre, Paris qui défilait sous nos yeux sans que nous y prêtions attention, ce livre, même, qui avait été le motif de notre rencontre et que Thomas faillit oublier de me donner lorsque je m'aperçus tout à coup qu'il était tard et que je devais rentrer chez moi.

Thomas feignit d'être au désespoir de me quitter. Il ne savait pas, à l'en croire, comment il allait encore pouvoir respirer. Il ne me demanda pas d'autre rendez-vous mais me signala à tout hasard qu'on pouvait le joindre le matin à l'hôpital des Enfants Malades où il assurait une visite. On demandait le docteur Sandier. Ce n'était pas plus difficile que cela.

C'était même d'une facilité déconcertante, je m'en aperçus trois jours plus tard. Je savais que, la nuit suivante, Marc devait travailler à ses plans. J'avais donc pratiquement quartier libre jusqu'à près de deux heures du matin et je pouvais très bien filer vers dix heures sans que personne le sût. Je me défendis d'abord contre cette tentation, puis jugeant hypocritement que Marc, s'il l'apprenait, ne verrait sans doute aucun inconvénient à ce que je sorte une fois encore avec son ami Sandier, j'appelai Thomas vers midi.

Je me réjouissais de le voir, j'avais envie de lui parler de *Paludes.* De toutes façons, si on me les avait demandées, j'aurais pu donner mille raisons d'être une fois encore près de Thomas Sandier.

C'est seulement lorsque je fus assurée de le voir le soir même que je commençai à m'inquiéter de l'avoir tant désiré, et que je m'accordai quelques remords. C'était bien moi, cette fois, qui l'avais appelé, et j'avais eu beau tourner assez habilement mes mots jusqu'à ce que ce fut lui qui proposât de venir me chercher, il n'en restait pas moins que l'initiative de cette nouvelle rencontre m'était entièrement imputable. Voilà que tout commençait à être *de ma faute.* Je m'en rendais parfaitement compte, et pourtant, comme je prenais déjà facilement le parti d'avoir tort !

Nous sortîmes de Paris, cette nuit-là. Thomas roulait vite à travers la campagne. Nous traversâmes une forêt, des villages. La nuit était très claire. Nous jouions au voyage. Thomas affectait de respecter une moyenne, calculait le temps qu'il nous faudrait pour arriver *là-bas*, demandait qu'on lui allume une cigarette. Parfois, un animal traversait la route en deux éclairs que nos phares allumaient dans ses yeux. Thomas chantait à tue-tête ou se lançait brusquement dans un monologue bizarre, incompréhensible, dans lequel mon nom revenait souvent.

L'enfance nous collait aux doigts. Nous n'en sortions plus. Il semblait qu'elle ait été pour chacun de nous la source unique de tous les plaisirs et de toutes les souffrances qui nous animeraient jusqu'à notre extrême vieillesse. Parce que nous étions bien l'un près de l'autre, nous en échangions de très précieux morceaux qu'un seul mot suffisait à détacher de cette boule magique, généralement cachée sous des habits de grandes personnes. Des phrases secrètes que nous avions prononcées, les soirs d'autrefois, dans la solitude angoissante d'un lit, dans le *coin* où les punitions nous exilaient, avaient attendu des années pour trouver un écho que nous n'espérions plus... « Toi aussi, toi aussi... » Ç'avait bien été la même chose, les mêmes gestes un peu ridicules et très désespérés.

On ne se déshabille pas devant n'importe qui. On ne raconte pas sa vie non plus. C'est indécent. Mais voilà qu'en face de Thomas cela n'avait plus la moindre importance. Cela devenait même nécessaire. Il fallait se hâter de mettre à jour toute une réserve de gestes, d'expressions, de sentiments jusqu'alors informulés, pour en venir enfin à ce qui était le plus important : cette nuit de nos vingt-cinq et de nos trente ans. L'enfance, on en viendrait à bout, une fois faite la preuve qu'on n'avait pas été, en ce temps-là, aussi seuls qu'on le croyait puisque *toi aussi*…

Le monde se limitait soudain à la grandeur d'une voiture, à nos épaules appuyées l'une sur l'autre, un monde mû par quatre vitesses, et qui pouvait se fracasser en une seconde le long d'un arbre si Thomas, une seconde, se laissait distraire.

Rien n'existait plus que cette voiture roulant dans la nuit. Nous étions sauvés. Il pouvait arriver n'importe quelle catastrophe derrière nous, cela n'avait plus aucune importance puisque nous étions là, en avant du danger, Thomas et moi. Nous étions les deux Justes quittant Sodome en flammes. Il n'y avait rien à craindre, je ne me retournerais pas pour jeter derrière moi ce regard coupable qui peut vous transformer en statue de sel, le temps d'une question, d'un remords ou d'une étourderie mortelle. Tant pis si la vie, dans mon dos, s'effondrait.

Le monde roulait normalement, Thomas s'en occupait. Thomas était la prudence même, si prudent qu'au moment où il lui parut urgent de me prendre dans ses bras, il commença par couper le contact du monde et bloquer le frein à main.

Nous avions fait plus de cent kilomètres pour venir nous embrasser sur le bord d'un trottoir, au beau milieu de Versailles.

Je dis, maintenant, que cette nuit-là je commençai d'aimer Thomas, parce qu'il faut bien dater les événements pour s'y retrouver. Si j'avais pu prévoir qu'il me serait nécessaire de raconter toute cette histoire, j'aurais noté mes sentiments au jour le jour. Mais on ne peut pas faire deux choses à la fois : être heureux et le constater. Le bonheur, d'autre part, est toujours, d'un côté, à fonds perdu. On ne sait jamais très bien où il commence si on sait où il finit.

Ce qui est certain, c'est que, à partir du moment où je ne vis plus le visage de Thomas parce que celui-ci se trouvait trop près du mien, ce que j'avais tenu jusqu'alors pour la Vérité se transforma complètement. La bouche de Thomas contre la mienne devenait l'État de Grâce, le Bien, la seule chose qu'il me fallait faire. J'appartenais à Thomas depuis toujours, comment ne m'en étais-je pas avisée plus tôt ! Le péché, c'était le retour vers Marc, la vie dans la maison de Marc à l'abri d'une ancienne promesse qui n'avait jamais rien signifié et qu'il eût été dérisoire et coupable de tenir malgré tout.

Je jure qu'il n'y avait aucune hypocrisie en tout cela. On avait bercé mon enfance avec l'histoire magique d'une petite voix qui parle en nous et ne ment jamais, à ce qu'il paraissait, même si de vive voix nous mentions aux autres. J'avais fini par y croire. Je l'entendais souvent me contrarier intérieurement, car je mentais beaucoup. Dans les bras de Thomas, au contraire, la voix se taisait. Qui ne dit mot consent, donc approuve, encourage même... Je nageais dans la sérénité la plus complète. J'avais le sentiment d'arriver enfin *quelque part*. Le bonheur était là, entre l'épaule et le menton de Thomas. C'était d'une évidence soudaine qui pouvait même faire comprendre ce qu'était la mort : un parallélisme d'une seconde entre l'âme et le corps, une coïncidence qui gardait le secret de sa composition, puisque personne n'était revenu de la mort ni du bonheur.

Thomas ne voulait plus me laisser partir. Le ciel blanchissait déjà autour des maisons. Le drame mûrissait chez moi, c'était sûr. Dans quel état allais-je trouver Marc ? Serait-il triste, furieux ? Quelle attitude me faudrait-il prendre en face de lui ? Quels mots choisir pour lui dire que j'avais envie de rester près de Thomas Sandier ? Il faudrait commencer par avouer ma fuite de la veille, ce mensonge par omission qui apparaîtrait comme la pire des préméditations. C'est difficile de prendre des décisions importantes, à trois heures du matin !

— Tu ne te rends pas compte !... C'est la première fois que je pars ainsi sans prévenir Marc...

— Tu ne te rends peut-être pas compte non plus de ce qui m'attend chez moi, dit Thomas.

— Chez toi ? Qui, chez toi ?

Il eut un sourire très las.

— Quelqu'un que j'ai eu la mauvaise idée d'épouser il y a quelques années, dit-il.

Thomas marié ? Je crus d'abord qu'il plaisantait. Je voulus le croire. Était-ce possible, pourtant, avec l'air atterré qu'il avait en ce moment ?

— Il doit être maintenant trois heures du matin, dit-il, le temps de te raccompagner il en sera quatre. Je me lève à huit, jusqu'à six on me demandera d'où je viens, de six à huit on pleurera sur le col de mon pyjama pour me persuader de mon indignité.

— Et cela ne te fait rien ?

— Cela m'ennuie prodigieusement, mais je n'y peux rien.

— Tu pars souvent ?

— Le plus souvent possible.

— Pourquoi t'es-tu marié, alors ?

— Et toi, dit-il brusquement, pourquoi ? C'est vrai que ce n'est pas la même chose, ajouta-t-il, vous vous adorez Marc et toi…

Je détestai ce ton persiflant qu'il venait d'avoir pour parler de Marc et de moi.

— Oh, tu sais, dis-je, Marc, je l'ai épousé pour changer, parce qu'il se trouvait là, parce que cela m'amusait d'être appelée *madame*, pour des bêtises, quoi ! Au fond je ne l'ai jamais aimé passionnément. J'ai essayé de le croire, un moment, pour jouer le jeu complètement. Marc, je l'aime bien, mais il m'ennuie terriblement. Il reste toujours en deçà de moi. Il compte pour du beurre, presque, et moi maintenant, je suis coincée.

J'avais parlé très vite, pour n'être pas en reste, et voilà que les mots avaient pris une vérité soudaine au fil de ma voix. Je venais, comme on dit, de parler sans réfléchir et je m'apercevais après coup que la réflexion ne contredisait nullement le sens de mes paroles. J'avais donc vraiment vécu trois ans sur un mensonge et c'était devant Thomas que je l'avouais pour la première fois ! Comme il faisait froid tout à coup ! Je m'éloignai de Thomas. Une porte venait de claquer quelque part entre mon cœur et ma vie.

Le fait que Thomas fût marié m'importait peu. Pour moi, Thomas était seul. Un homme marié ne l'est pas. Il traîne toujours sur lui un peu de la femme avec laquelle il vit. Il n'y avait pas trace de femme sur Thomas, pas la moindre. Je ne pensais pas non plus qu'il affectait du détachement pour s'assurer temporairement le succès d'une aventure extraconjugale. Thomas me parlait de sa femme sans haine. Non, il ne lui reprochait rien de précis, sinon qu'il n'avait rien à lui reprocher, peut-être... Oui, elle était douce pour lui, attentive à ses moindres désirs. Elle était jolie, excellente maîtresse de maison. Beaucoup d'hommes, certainement, auraient été heureux de vivre près d'elle, sauf lui, Thomas, mais c'était de sa faute et il ne s'en plaignait pas. La seule chose qu'il tolérait mal était ces explosions de désespoir qui accueillaient ses rentrées tardives et son indifférence. Au lieu de l'émouvoir, les larmes de Dominique l'exaspéraient parce qu'il sentait bien qu'elle souffrait vraiment et qu'il n'y pouvait rien. Il lui arrivait de souhaiter qu'elle mourût une bonne fois ou qu'elle prît un amant. Cela avait failli arriver un jour... Il avait espéré, s'était effacé davantage encore pour faciliter les choses, mais Dominique était trop parfaite pour le délivrer de cette façon. Elle s'était jetée dans les bras de son mari, avouant avec des larmes une tentation dont on ne pensait surtout pas à lui tenir rigueur. Elle n'était pourtant pas plus sotte que la plupart des épouses. Elle souffrait seulement de ce qu'elle ne comprenait pas en lui. Elle aurait mieux accepté que Thomas la délaissât au profit d'une autre femme ; elle ne pouvait admettre qu'il s'éloignât sans raison. Elle l'interrogeait sans relâche, se cherchait des rivales et Thomas devait toujours répéter les mêmes choses : « Non, je t'assure, il n'y a personne, je n'aime personne... » Elle pleurait.

Il avait épousé Dominique parce qu'il faut bien, tôt ou tard, épouser quelqu'un. Il l'avait connue précisément au moment où il lui fallait épouser quelqu'un. « Elle avait, paraît-il, une passion pour moi. Elle était belle et j'avais assez envie de coucher avec elle. Je pensais que c'était suffisant et que nous pourrions ainsi nous entendre longtemps. Si elle ne pleurait pas tant, ajouta Thomas, j'aurais peut-être encore envie d'elle, quelquefois... Si elle m'aimait un peu moins !... »

Je pensais à cette femme qui vivait près de Thomas et qu'il irait retrouver tout à l'heure en me quittant, qu'il embrasserait peut-être. Il était possible qu'elle ne pleure pas, ce soir, qu'elle soit moins amoureuse, plus désirable selon Thomas. J'étais jalouse. Je refusais déjà de partager ce que je ne possédais pas encore. Thomas, Marc, Dominique, moi : des pions que j'aurais voulu brouiller pour interrompre le jeu, pour que la victoire et la défaite restassent indéfiniment suspendues.

Thomas me déposa à ma porte. Marc était couché et ne dormait pas. J'allai me déshabiller dans la salle de bains pour éviter son regard et préparer la réponse que j'allais devoir faire à la question qui me serait posée inévitablement. Mais Marc ne demanda pas même d'où je venais. Il se recula pour me faire une place près de lui et c'est moi qui parlai :

— Marc…

— Oui ?

— Je crois que je ne t'aime plus.

— Je sais, dit-il en éteignant la lumière.

III

Je dormis tard. J'eus conscience un moment que Marc me quittait. Le drap se tirait sous mon menton. Je remontai d'un geste à travers les couches liquides du sommeil, je perçai la surface plane du demi-rêve pour allonger la main vers la place vide, à ma gauche, vers Marc, comme tous les jours.

Il ne m'avait pas prise dans ses bras, il ne s'était peut-être même pas penché sur moi. Il avait dû se glisser hors du lit avec mille précautions. Il était parti comme du sang par la blessure d'un drap ouvert. Il avait ses raisons, sans doute, pour que je ne m'éveille pas encore.

J'entendis le bruit de la douche, le bruit du rasoir, celui du verre à dents. Je suivis chacun des gestes de Marc. Je les savais par cœur.

J'avais toujours les yeux fermés. Marc allait traverser la chambre, je l'arrêterais au passage. Il fallait absolument que je lui dise quelque chose, un mot, n'importe lequel, *Bonjour, Marc*, pour que cessât de résonner entre nous la petite phrase brutale d'hier soir… « Je crois que je ne t'aime plus. » Faire comme si je n'avais rien dit, comme si Thomas n'existait pas. Arrêter le désordre. Rétablir la douceur paisible de mes habitudes.

Marc passa très vite d'une porte à l'autre en boutonnant ses manchettes, sans un regard vers moi, comme si le lit était vide, comme si je n'étais pas là, moi, le cœur serré tout à coup par cette indifférence !

La cuisine, maintenant. La porte du frigidaire claquait, une casserole heurta le bord du réchaud à gaz. Les garçons qui ont des ennuis ont une façon très particulière de siffler : trois ou quatre notes toujours les mêmes, poussées du bout de la langue ; le commencement d'une chanson idiote, de préférence. Marc sifflait, s'arrêtait, repartait.

Il fallait me lever, cela devenait urgent. Marc allait partir dans quelques instants, sois gentille, lève-toi, va le voir. Empêche-le de siffler de cette façon pitoyable... Il pense certainement à ce que tu lui as dit hier avant de t'endormir. Il est sûrement persuadé que c'est beaucoup plus grave que tu ne le crois toi-même. Va l'embrasser, va. Raconte-lui ce que tu as fait. Dis-lui que c'est sans importance, pour parer au plus pressé, pour faire cesser cette souffrance sifflotante. Il sera toujours temps, ensuite, de t'expliquer avec ton cœur pour savoir si, oui ou non, Thomas existe.

La porte de l'entrée claqua avant que j'aie posé un pied par terre. Marc était parti. La maison était vide. La première journée sans baiser commençait.

Je traînais d'une pièce à l'autre, incapable de rien faire, l'esprit lourd. J'en voulais à Marc. Je me bardais d'injustice, de rancœur. Il était donc capable d'agir ainsi envers moi, lui qui prétendait m'aimer ? Il n'avait donc pas compris de quel trouble j'étais agitée à cause de Thomas et combien j'avais besoin de tendresse, de n'importe quelle tendresse pour me tirer de ce mauvais pas, combien j'avais besoin de lui, Marc ? Comme il était conventionnel et stupide ! Comme il se hâtait de bousculer tout ! Était-ce de ma faute si j'avais rencontré Thomas Sandier ? Qui me l'avait présenté ? Qui m'avait parlé de lui des années durant, si ce n'était Marc ? Oui, j'ai embrassé Thomas hier soir, et puis après ? J'en avais tellement envie. J'étais heureuse près de lui. J'ai été heureuse, Marc, pendant quelques heures... Est-ce donc cela qui t'afflige ? Jolie façon d'aimer ! Tu es bassement jaloux, tu me dégoûtes. Ton amour, Marc, n'est qu'un marchandage ignoble. Tu exiges le mien, tu poses des conditions... J'ai bien compris, va !

Il arrivait souvent à Marc de déjeuner à l'extérieur lorsqu'un travail l'avait retenu longtemps à l'Agence. Je ne m'en étais jamais inquiétée. Nous nous laissions, comme je l'ai dit, une grande liberté de mouvement. J'eus peur, pourtant, lorsqu'à midi, ce jour-là, il ne rentra pas. D'autre part, son attitude du matin m'avait tellement énervée que je comptais fermement sur le déjeuner pour faire éclater une discussion qui mettrait une bonne fois les choses au point. Si Marc avait quelque chose à me reprocher, il n'aurait qu'à le dire. Le silence parfois est plus nuisible que les mots, et mieux valait avoir une explication violente que ces apartés méprisants qui risquaient d'envenimer une blessure bénigne.

L'après-midi s'étira avec une lenteur insupportable. Le visage de Marc m'obsédait. Et s'il allait ne pas revenir ? Si je l'avais offensé au point de le dégoûter à tout jamais de moi ? L'imbécile, s'il était allé se tuer ? Je commençai de guetter chaque bruit d'ascenseur, chaque craquement de l'escalier. On viendrait me dire : « On l'a retrouvé là, ou là… », on m'emporterait vers lui. Il y aurait des visages inconnus, des courses en taxis, des sirènes d'ambulance, des piétinements. Il respirerait peut-être encore lorsque j'arriverais. Il aurait le temps de prononcer des paroles qui résonneraient tout le long de ma vie : « Je t'aimais… c'est à cause de toi… je te pardonne… » Puis on lui rabattrait un drap sur la figure, pour toujours, par ma faute.

La nuit tombait. Je pleurai sur le cadavre de Marc, sur ma solitude sans remède, sur tout ce que je n'avais pas voulu et qui finissait quand même par arriver. Sur la grande injustice de l'amour.

J'entendis la clef tourner dans la serrure. Marc entra, plus vivant que jamais.

— Bonsoir, bonsoir, jeta-t-il négligemment en se laissant tomber dans un fauteuil. Bonne journée ? Tu n'es pas sortie ?

Il avait bonne mine, le salaud ! Il sentait le vent frais et la cigarette anglaise. Moi qui, une minute plus tôt, m'attendrissais sur son sort, moi qui avais failli me jeter à son cou sitôt que, ressuscité, il était entré !

— Non, dis-je, j'avais à faire ici. J'étais trop bien pour aller traîner par un temps pareil.

Marc prit un journal, croisa les jambes et se mit à sourire, sans doute aux finesses d'un article. Il se foutait de moi ou quoi ?

— Tu m'as l'air d'excellente humeur, dis-je d'un ton pincé.

— Pas mal… Et toi, ajouta-t-il, toujours amoureuse ? Comment va ce *cher* Sandier ?

J'avais été bien sotte de m'inquiéter puisque Marc le prenait ainsi. Je me dénouai subitement. Puisque d'épouse infidèle je devenais épouse délaissée, tout rentrait dans un ordre qui me convenait assez. Tant pis pour les sarcasmes. Je répondis que Sandier était bien ce garçon charmant dont il m'avait parlé et que nous devions déjeuner ensemble le surlendemain.

Marc n'ajouta rien, dissimulé derrière son journal dont il continua de tourner les pages.

IV

Délivrée de l'obstacle qu'avait failli être Marc, je me tournai désormais tout entière vers Thomas. Je m'inquiétais peu de savoir si Marc, oui ou non, jouait la comédie. J'acceptais l'apparence de ses sentiments qui m'arrangeait le mieux, et je souhaitais même que cette raillerie méprisante dont il usait désormais à mon égard continue le plus longtemps possible. Je pouvais enfin le détester à bon droit. J'étais libre d'agir comme bon me semblait. « Puisque tu ne m'aimes plus, Marc... »

Nous ne pouvions plus, Thomas et moi, nous séparer. Nous nous voyions presque tous les soirs. À peine parvenions-nous, en nous contraignant, à espacer nos rencontres d'un jour ou deux. Il nous arrivait même, souvent, de nous appeler entre deux rendez-vous, sous un prétexte futile. « Il faut que je te voie, viens, j'arrive... » Mercredi était trop loin, on n'attendrait jamais jusque-là. Il y avait toujours une bonne raison à cela, ou tout simplement la nécessité impérieuse de s'embrasser vingt-quatre heures plus tôt. Nous dépassions avec un bonheur fou les bornes que, pourtant, nous nous imposions tout seuls.

Une certaine timidité présidait à nos rencontres. C'était la surprise de retrouver l'autre près de soi, si semblable à ce qu'on avait souhaité et qui nous forçait, chaque fois, de passer un certain temps à nous reconnaître. L'accord qui devait s'établir, nous le voulions si parfait qu'il nous fallait auparavant rassembler soigneusement les éléments qui le composaient. Il y avait des mots pour rien, des amorces d'idées, des retraits subits, des plongées rapides. C'était le quart d'heure qui précède un concert. Il fallait trouver la bonne clef, convenir à l'avance des bémols dangereux et du rythme propre à certains passages. Après, c'était tout simple. Le premier mot que nous prononcerions ensemble donnerait le signal. Nous pourrions être tranquilles, le chant s'élèverait tout seul, sans une fausse note.

Il était aisé de prévoir vers quoi nous nous dirigions. Le trouble qui s'emparait de nous le disait assez. Le disait tout seul, car nous aurions préféré mourir que de mettre un nom sur ce qui nous arrivait. À quoi nous aurait-il servi de proclamer, en nous regardant au fond des yeux, que nous nous aimions passionnément et qu'il ne nous restait plus qu'un seul geste à accomplir pour nous en assurer définitivement ?

D'autre part, les conditions de nos rencontres desservaient à plaisir nos intentions. La voiture de

Thomas étant notre seul refuge, nous parcourûmes en un mois une grande partie de la région parisienne. L'autoroute de l'Ouest et la Seine-et-Oise n'avaient plus de secrets pour nous. Mais comme tout s'épuise, même les charmes nocturnes des routes qui ne mènent nulle part, il arriva un moment où la seule vue d'un poteau indicateur suffit à nous plonger dans un abattement total. Quelle direction prendre ? Irions-nous vers Rambouillet ? du côté de Fontainebleau ? Quelle importance cela avait-il puisque, de toute façon, nous ne pourrions pas sortir de la voiture dont les glaces givrées nous garantissaient, au moins, contre les rhumes. Nous aurions aussi bien fait de rester dans Paris puisque nous étions condamnés à nous embrasser dans cet espace réduit.

On imagine mal à quel point une voiture peut être étroite à certains moments, et mal commode ! Nos baisers étaient interrompus brutalement par un coup de klaxon sur lequel un coude malencontreux venait de s'appuyer ; les phares s'allumaient tout seuls et nos mains se trouvaient difficilement entre le bouton de l'essuie-glace et le levier de vitesse. C'était le cirque, la malédiction, la punition ridicule, la contradiction permanente !

Bien entendu, nous nous estimions trop pour céder à la facilité dégradante que pouvaient offrir tous les hôtels rencontrés sur notre passage. Nous ne pouvions nous imaginer, Thomas et moi, en train de payer la clef qui nous donnerait droit au lit dont nous rêvions, pour nous y aimer tranquillement sur un mètre trente de large, avec, de plus, la faculté d'y dormir en toute sagesse. La simple rédaction de la fiche hôtelière était impossible. On ne pouvait tout de même pas indiquer en face de la mention MOTIF DU VOYAGE : *Faire l'amour depuis le temps qu'on en a envie !* Une préméditation aussi précise nous aurait dégoûtés à tout jamais. Nous rêvions rageusement d'une maison perdue au fond des bois dans laquelle il nous aurait suffi d'entrer sous un prétexte ou sous un autre, d'un lit miraculeux où tomber, par hasard, en ouvrant la portière.

Le rire nous sauvait de la crise de nerfs.

— Quand je pense, disait Thomas, que j'ai rue Saint-Simon un appartement confortable comme on n'en fait plus ! Cinq pièces, entrée, cuisine, cabinets à gauche au fond du couloir, chauffage central, salle d'attente et salon Louis XVI ! Un rêve, ma vieille ! Je ne sais pas comment je fais pour m'y emmerder tellement.

— Tu n'es jamais venu rue Boileau, ripostais-je, quatre pièces en enfilade avec un piano dans la seconde, une douche perfectionnée, un frigidaire qui s'éclaire dedans et un pick-up qui démarre tout seul !

— On est vraiment gâtés, en somme, et cons par-dessus le marché, concluait Thomas. Je me demande de quoi on se plaint et pourquoi on s'obstine à visiter désespérément cette saleté de banlieue dans cette putain de voiture. Je ne peux plus la voir ! Je la déteste, tu entends ! Viens, Marianne, on va la foutre à la Seine... Viens. Et nous avec. Je t'assure que certaines personnes rigoleraient bien si elles nous voyaient, tu ne crois pas ? Où sont donc les fugitifs, les amants grisés, les enfants heureux ? Ils visitent Massy-Palaiseau, Madame, ils continuent leur petit circuit. Hier ils passèrent en trombe à La Queue-les-Yvelines, dédaignant l'irrésistible monument aux morts. Demain ce sera Bécon, Issy-les-Moulineaux ou Saint-Nom-la-Bretèche. Ils forment leur jeunesse sur les routes départementales à une moyenne de soixante à l'heure, cent quand le moteur est chaud. Ils en ont marre de s'aimer de profil. Ils voudraient bien regarder un peu l'autre côté de l'être cher. Un jour je t'emmènerai, Marianne, rien que pour pouvoir te regarder en face, des heures durant, sans risque de nous ratatiner tous les deux le long d'un poteau... Quelle vie ! Alors qu'ils sont mariés chez eux, bien chaudement et chacun pour soi. Alors qu'ils ont tout pour être heureux à domicile ! Mais qu'est-ce qu'il leur faut donc ? Dis, petite malheureuse, que te faut-il de plus ? Autre chose, sans doute, toujours « autre chose » !

Et Thomas parlait, parlait au fil de ce qui lui passait par la tête :

— ... Ah, docteur, vous m'avez sauvé la vie... Vous êtes un homme de valeur, mon cher, vous irez loin... Voyez-vous, la médecine, en quelque sorte, c'est un apostolat... Tout pour les autres, quoi... Mon esprit à l'hôpital, mon cœur à Marianne, ma présence au lit, à table pour Dominique... Un apôtre, Thomas Sandier, oui !... Poussez, Madame, et ne criez pas si fort ! Je n'y peux rien, moi. Je vous l'avais bien dit, pourtant, que l'accouchement sans douleur, ça existait ! Vous n'avez qu'à me croire puisque je sais tout, puisque je le dis. Votre douleur, pfuitt... ce n'est rien. Des idées. L'important, voyez-vous, est de se laisser aller, les nerfs bien repassés, sans un faux pli, en se disant obstinément que la souffrance n'existe pas. Si vous vous arrangez, de plus, pour éviter ces hurlements ridicules et tout à fait passés de mode, on ne demandera pas mieux que de vous croire et vous y croirez aussi. D'ailleurs vous n'avez qu'à prendre exemple sur moi. Est-ce que je crie, par hasard ? Est-ce que je hurle aux gens que je les emmerde tous, tant qu'ils sont ? Est-ce que je dis à Marianne que je voudrais l'emmener le plus loin possible ? Est-ce que j'envoie Dominique se faire aimer ailleurs ? Est-ce que je pleure ou grince des dents parce qu'il y aura toujours entre mon désir et ma vie un petit décalage de rien du tout mais qui, perpétuellement, foutra tout en l'air ? Mais non ! À moi la Dominique-sans-douleur, les nuits heureuses de l'autoroute et Marianne-la-chérie qui m'enverra paître à la première occasion pour mon plus grand bien. Je prends ma respiration, n'est-ce pas. Je ne fais pas de *bêtises.* J'accepte tout avec un sourire céleste. Regarde, Marianne, il n'est pas céleste, mon sourire ?

Le *céleste* sourire se figeait vite. « Je t'aime, je t'aime... », il fallait rentrer, pour dormir quand même avant le jour. Il fallait se séparer enfin, et cela prenait toujours un temps infini. Un mot entraînait un baiser qui en entraînait un autre. Il y avait la ruse de la dernière cigarette-après-on-s'en-va, les fausses sorties, les clefs qu'on ne retrouve plus (reste encore, je t'en prie !). C'était l'heure des bidons de lait sur les trottoirs, des carrefours clignotants en orange. La voiture pelait à toute allure le bitume des rues vides, criait aux virages en nous jetant l'un contre l'autre. Thomas caressant mes cheveux se livrait à toute une gymnastique, pour mener la voiture d'une seule main à travers la ville endormie comme une grosse bête, les pattes rentrées sous elle.

V

Marc ne bronchait pas. Il paraissait ignorer totalement mes sorties nocturnes et l'air égaré que je devais avoir lorsque mes nuits sans sommeil prenaient leur revanche en plein jour, m'obligeant à toutes sortes de grimaces pour m'empêcher de dormir.

Je ne me fiais pas entièrement à cette complaisance. J'y flairais un piège, un danger diffus qui me menaçait sans qu'il me soit possible de prévoir sous quelle forme et quand il fondrait sur moi. Par un renversement curieux de la situation, c'est moi qui épiais Marc constamment, cherchant à déceler dans son indifférence le mouvement de colère auquel je m'attendais, si je ne l'espérais pas pour plusieurs raisons, au nombre desquelles comptaient également mon amour-propre, et ma sécurité. Je le surveillais donc attentivement, allant parfois jusqu'à pousser les pointes qui me paraissaient susceptibles de faire éclater cette colère libératrice. Je pressais de toutes mes forces sur le panaris, je parlais de Thomas, je citais ses mots, je l'admirais à voix haute et sans mesure. Il n'entrait aucune méchanceté dans mon propos ; un seul besoin de bousculer ce tas de charbons ardents que je sentais s'amasser au-dessus de ma tête. J'attaquais en croyant me défendre et, bien entendu, je tapais trop fort. Croyant que Marc me méprisait au point de vouloir ignorer mes agissements, ou qu'à cause d'eux il attendait froidement le moment de me nuire, je ne pensais pas qu'il pût être tout simplement malheureux.

« Tu joues avec ta santé ! » s'était exclamée ma mère au cours d'une visite qu'elle nous fit un dimanche. Elle me palpa sur toutes les coutures avec l'autorité que lui conférait le nombre incalculable de coqueluches, rougeoles et autres scarlatines qu'elle avait domptées au cours de sa carrière de femme prolifique. Il parut que j'étais devenue en quelques semaines l'ombre de moi-même. « Si tu voyais ta tête... Est-ce que par hasard ?... » (Regard pudique jeté sur Marc.) Non, je n'étais pas enceinte. Mais oui, bien sûr, je mangeais à ma faim ! (Ce qu'elle était donc agaçante !) Marc, examinant ses ongles, plus lointain que jamais, acquiesça à tout ce qu'on voulut. Il fallait prendre des mesures urgentes pour m'éviter le sort d'une tante Juliette *emportée à vingt ans par la poitrine.* Car j'en prenais le chemin, assurément ! « Tu as quelque chose ! » glapissait ma mère que mon indifférence exaspérait. (Tu parles, si j'avais quelque chose !) À la fin elle se tourna vers Marc. J'avais eu une enfance faiblarde, il ne fallait pas l'oublier. J'étais un petit être fragile, assez irresponsable, qu'il s'agissait de protéger coûte que coûte, quitte à ne tenir aucun compte de ses dangereuses revendications. Ah, on avait *lutté* pour moi, on pouvait le dire ! Pas un vaccin dont je n'eusse été gratifiée de gré ou de force. Mon bonheur on l'avait fait malgré moi, à coups d'huile de foie de morue… La Joie par la Vitamine. Le bonheur c'est la santé, n'est-ce pas ?

Je promis tout ce qu'on voulut pour avoir enfin la paix. Je boirais la caisse de *Marinol* qu'on m'annonçait pour le lendemain et je me *referais des joues* à brève échéance. Ma mère partit sereine, consciente une fois de plus d'avoir remis ma vie sur les rails souhaitables. Que pouvait-elle faire d'autre, elle qui n'avait jamais été capable de comprendre que le malheur des gens pût venir d'ailleurs que du fonctionnement de leur estomac ou de leur système nerveux ? Je me souvenais encore de ce soir de mes douze ans où je m'étais mise à pleurer sans raison au milieu du jardin. Elle m'avait fait rentrer précipitamment pour prendre ma température sans vouloir comprendre que seule, l'odeur des seringas avait été responsable de mon chagrin. Qu'aurait-elle dit ce soir, si je lui avais confié que tout craquait autour de moi et que je vivais de travers parce que Thomas et Marc existaient en même temps ; parce que je ne pouvais me résoudre ni à rester près de l'un, ni à partir avec l'autre, et que ces nuits sans sommeil qui me faisaient le teint si pâle étaient tout ce à quoi je tenais pour le moment ? Que la seule chose intelligente qu'elle pouvait faire, enfin, était de me prendre dans ses bras pour me faire goûter un peu de cette fameuse douceur des mères dont j'avais tant entendu parler ?

Je la détestais d'être venue, puisque, moins que personne, elle était susceptible de m'aider. Sa présence n'était qu'un rappel de son inutilité ; pour moi, l'affirmation d'une solitude plus grande encore.

L'opération Marc se déclencha un soir sans crier gare.

J'étais rentrée chez moi plus tôt que de coutume, Thomas ayant été retenu par une conférence à laquelle il n'avait pu se dérober. J'avais reçu de lui, le matin même, une délicieuse lettre de huit pages qui devait suffire à maintenir ma bonne humeur jusqu'au lendemain.

Je décidai d'utiliser au mieux cette soirée qu'involontairement j'allais passer avec Marc. Pour la première fois depuis longtemps, je m'enquis de son travail, je lui parlai d'un livre que j'avais lu récemment, je cherchai enfin à faire cesser cette froideur déplaisante qui, depuis un certain temps, entourait nos plus insignifiants propos.

Marc parut d'abord surpris de l'intérêt que je lui manifestais, mais se maintint prudemment sur la réserve, répondant sans entrain aux questions que je lui posais. Je trouvais qu'il y mettait vraiment de la mauvaise volonté. Comment lui faire comprendre que ce n'était pas parce que je ne l'aimais plus que je le détestais au point de méconnaître désormais les qualités qui me l'avaient autrefois rendu aimable ; que cette entente qui existait entre Thomas et moi ne procédait absolument pas d'une comparaison désavantageuse pour lui, Marc, mais d'une rencontre miraculeuse, inexplicable, dont nous étions à peine responsables, Thomas et moi.

Abandonnant tour à tour les sujets de conversation épuisés par le peu d'aliment qu'il y apportait de son côté, je me contentais de déployer un bon vouloir silencieux qui réussirait peut-être où les mots échouaient, lorsque Marc, jetant subitement sa serviette sur la table, traversa le salon et claqua une porte sur lui.

Il s'était allongé sur le lit, le visage complètement enfoui dans un oreiller. Je m'approchai, je m'assis près de lui, je l'appelai.

— Marc, qu'est-ce que tu fais ?

Pas de réponse. Il tassa l'oreiller autour de sa tête, pour ne plus m'entendre, sans doute.

J'essayai de le tourner vers moi. Il résistait. Il ne voulait plus me voir. Marc n'avait plus de visage. Marc n'était plus qu'un corps tourné à l'envers, des cheveux en désordre, un dos hostile. Et voilà qu'au moment où je posais la main sur ce dos qui ne voulait plus me connaître, celui-ci se mit à trembler convulsivement. Marc pleurait, était-ce possible ? Tout mon sang reflua d'un coup. Non, Marc ne pleurait sûrement pas. Un garçon ne pleure pas. Je me trompais. Il devait être malade.

— Marc, dis-je, parle-moi, je t'en prie... Je suis là, tu vois bien. Je suis près de toi, regarde-moi.

Il leva la tête enfin et m'attira près de lui, nerveusement. Mais si, il pleurait !

— Ce n'est pas vrai, dis... ce n'est pas vrai, tu m'aimes encore un peu... je ne peux pas vivre sans toi, tu sais bien... Moi, je t'aime tant.

Il enfonçait son visage dans mes genoux et recommençait à trembler follement, honteusement.

Les larmes de Marc me bouleversaient physiquement comme aurait pu le faire la vue d'une blessure ouverte. J'avais éprouvé la même impression le jour où une petite fille, à la suite d'une chute malencontreuse, s'était, à mes côtés, ouvert le front. Comme aujourd'hui en face de Marc, j'avais été incapable de faire un geste. Ce n'était pas le sang qui m'avait effrayée, mais le fait anormal, indécent qu'*on lui voyait sous la peau.*

Marc venait ainsi de s'ouvrir à moi, dévoilant un mécanisme dont j'admettais le fonctionnement théorique et secret, mais dont je refusais qu'il me donne une preuve aussi tangible. Je savais très bien que la petite fille avait un os crânien sous la peau du front mais je ne pouvais supporter qu'elle me le montre. De même, je ne pouvais souffrir que Marc étale son âme sur mes genoux.

Il se dressa tout à coup et me tourna le dos, conscient peut-être de mon malaise. Il parla.

— Rappelle-toi ce que tu disais, Marianne… Tu étais ma femme pour toujours… tu m'aimais… tu voulais rester près de moi toute ta vie, parce que là seulement, tu étais heureuse…

C'est vrai que je l'avais dit. Ce n'était pas la peine de me le rappeler. Oui j'avais aimé Marc, oui j'avais cru que, de lui seul, pouvait me venir la joie…

— Alors tu me mentais, dit-il, puisque maintenant…

Non, je n'avais pas menti. J'avais été sincère en lui disant que je l'aimais, et je l'étais encore en lui disant que je ne l'aimais plus.

— Écoute-moi bien, dit-il. Je ne t'ai peut-être pas donné tout ce que tu attendais. Je n'ai pas été toujours très adroit. J'ai fait ce que j'ai pu, pourtant... Mais dis-moi ce que tu attends de moi, et je le ferai. On recommencera... on ira vivre ailleurs, si tu le désires...

Comme il simplifiait tout ! C'est vrai qu'il avait toujours été très bon pour moi. Je ne souhaitais pas qu'il change, je ne lui demandais rien.

— C'est Sandier, dit-il à voix basse ?

J'aimais Thomas, c'était vrai mais cela n'avait presque aucun rapport avec mon détachement de Marc. C'était une coïncidence tout au plus. Il y avait sûrement longtemps que je n'aimais plus Marc et c'est grâce à Thomas que j'en avais pris conscience. Les vagues ne naissent pas au moment où elles déferlent sur la plage. Elles roulent longtemps à travers la mer avant de se casser sur un repli de sable.

— Tu dis aimer Sandier, mais tu m'aimais aussi...

Au départ, toutes les amours se valent. C'est vrai que l'émotion que me procurait Thomas ne différait pas tellement de celle qu'autrefois j'avais éprouvée à cause de Marc. Était-ce une raison pour nier l'une ou l'autre ? Je les aurais aimés tous les deux, c'était tout.

Marc s'était ressaisi et raisonnait froidement.

— Tu aimes Thomas, dit-il, soit. Mais as-tu pensé que cette belle passion risquait de s'éteindre aussi bien que celle que tu avais pour moi ? Que feras-tu ensuite ? En trouveras-tu d'autres pour leur succéder jusqu'à ce que tu te regardes un jour, vieille et vide ? Ne sens-tu pas la vanité de ces amours instables, et combien il serait plus intelligent de te borner à ton premier échec, à moi enfin ? Et puis, ajouta-t-il, tu ne joueras pas toujours impunément avec le feu. As-tu pensé qu'un jour Thomas Sandier pourrait ne plus t'aimer ?

C'était perfide, mais juste. Marc se défendait, après tout ! Non, je n'étais sûre de rien sinon, pour le moment, d'aimer Thomas follement, entièrement, jusqu'à admettre la fin de cet amour ; jusqu'à prévoir qu'un jour Thomas pût s'éloigner de moi et l'accepter d'avance à mes risques et périls. Puisqu'il s'avérait que l'amour est toujours un repas à deux où l'un est mangeur et l'autre mangé, ne fallait-il pas accepter, en approchant la table, le risque de se voir accommodé ? J'avais mangé Marc ; Thomas me mangerait peut-être. C'est ainsi depuis le début des temps. Le meilleur parti qui reste aux victimes étant de *servir d'exemple à l'univers* sans plus de cris que Bérénice.

— Tu étais toute ma vie, dit encore Marc, et sans toi ma vie n'a plus de raison d'être. J'ai envie de mourir, Marianne…

Comment pouvais-je lui dire que cela ne m'effrayait pas, que j'aurais même accepté de payer cher un pareil cadeau ? Que sa vie, plutôt, m'était aussi indifférente que sa mort.

Marc me regarda comme s'il me voyait pour la première fois.

— Tu es dure, Marianne !

— Non, Marc, je suis tendre, trop tendre.

VI

Mon beau souvenir, mon jour de gloire, viens là que je t'encadre !

Il faisait beau, bien entendu. C'était la première journée tiède au sortir de l'hiver. Nous ne l'avions pas choisie exprès. Il y avait longtemps que nous projetions ce départ. Le ciel était d'un de ces bleus d'espace qui attirent sur eux des regards méfiants parce que *ça ne peut pas durer*, un bleu de film en technicolor. Au moment où Thomas referma sur moi la portière de la voiture, la marchande de journaux, de l'autre côté de la rue, me fit un signe de la main. Elle ne sait pas combien je l'ai détestée, par la suite, pour avoir fourré son visage d'ivrognesse dans le décor de mon beau départ. Il y a toujours ainsi des têtes étrangères qui viennent sans permission traîner sur les souvenirs comme des cheveux sur la soupe.

Rue Michel-Ange, des petites filles bleu-marine partaient pour la classe en se prenant les jambes dans leurs sacs de cuir. Moi, j'avais l'impression de *sécher* un cours. Ce n'était ni jeudi ni dimanche, et j'allais me promener. J'avais mis mon cœur en vacances hors de saison. C'était délicieux.

Nous nous sommes tus longtemps, tout occupés à maîtriser un grelottement intérieur qui n'avait pas de nom, et cette surprise de la lumière pour nous qui étions habitués à nous chercher dans le noir. C'était trop à la fois. Il fallait au moins attendre la solitude de la première campagne pour oser enfin s'embrasser en plein soleil. C'était plus beau qu'un voyage de noces, plus grave aussi, puisque nous n'aurions que deux jours pour dépenser le contenu de toute une vie normale, vieillesse et agonie comprises.

Cette nouvelle mesure du temps était d'ailleurs aussi illusoire que l'autre, avec ses mouvements accélérés et ses temps morts. Nés après la porte de Saint-Cloud, nous sortîmes de l'enfance en même temps que de l'autoroute, persuadés, comme on l'est à cet âge, que la vie n'a pas de fin ou que jamais le lundi n'arriverait. La puberté nous prit à Amiens lorsque Thomas me serra tout à coup contre lui sous l'œil goguenard d'un gendarme auquel nous n'avions pas pris garde. Ce fut aussi honteux qu'un baiser de cousins interrompu par une tante malvenue. Enfin, on nous y prenait. Nous étions devinés, trahis, furieux de l'être. La première ligne grise de la mer nous fit adolescents et nous lâcha dans un monde de vacances qui ne devait prendre fin qu'avec notre jeunesse, c'est-à-dire pendant le retour vers Paris auquel nous ne voulions penser sous aucun prétexte.

Thomas avait ralenti en abordant la côte. Nous n'étions plus pressés, désormais. Nous pouvions nous arrêter n'importe où puisque le bout du monde que nous avions désiré atteindre continuait tout du long. Le soleil se coucha sur Dieppe avec notre permission. Nous le vîmes s'enfoncer dans la mer comme un gros œuf blessé. Thomas, que le moment affectait, ricana : le décor exagérait. Nous attendîmes patiemment que l'œuf eût entièrement disparu pour nous tourner face à cette nuit qui ne nous séparerait pas. C'est alors que, la pudeur s'en mêlant, une raison avouable de s'arrêter quelque part devenant nécessaire (nous étions délicats, je l'ai déjà dit), nous prîmes le prétexte d'une faim impérative pour nous mettre en quête d'un endroit où l'apaiser. Après, on verrait bien.

L'obscurité se tassait sur la campagne, faussant la perspective de la route par des lambeaux glissés entre les arbres avec le crépuscule, et nous égarait dans des villages morts que nous abandonnions les uns après les autres. Thomas semblait avoir beaucoup à faire pour reconnaître les lieux où nous avancions. La fatigue du trajet, l'énervement de la fuite nous rendaient sensibles à chaque éclatement du moteur, aux accidents du terrain, à cette heure triste du chien-et-loup. Il me semblait que nous étions perdus et que nous n'arriverions jamais quelque part, condamnés à fendre péniblement ce velours noir qu'entamait à peine la lumière des phares. Je me rencognai le plus loin possible de Thomas, j'appuyai mon front à la vitre froide. J'essayai vainement d'éloigner de moi une angoisse inexplicable. Thomas était là, près de moi et cette nuit oppressante dans laquelle nous nous débattions ne durerait pas éternellement. Mais qui disait, tout à coup, que rien ne durait éternellement, ni le plaisir, ni la souffrance et qu'il n'était possible de se reposer sur aucun point solide, que la joie qui me transportait quelques heures plus tôt n'avait pas plus de raisons d'être que ma tristesse présente, que je les portais en moi depuis toujours et que si l'une, parfois, prenait le pas sur l'autre, il était temps de s'habituer à n'en pouvoir diriger le mouvement ?

Nous rejoignîmes la côte, dont nous nous étions éloignés. Une lueur brumeuse flottait sur la mer. L'obscurité était moins grande, ou bien je m'y habituais. La gorge enfin dénouée, j'étais lucide comme un compas.

Toute cette histoire de Thomas et de moi était bien simple. Je m'étais mal mariée ou je le croyais, comme la plupart des femmes. J'avais rencontré Thomas à point nommé et je faisais ma petite fugue roulée dans du sentiment, parce que j'étais délicate. Voilà qui était rassurant. Cette maladie-là, on la connaissait depuis longtemps. Flaubert l'avait exploitée en long et en large, et je n'avais qu'à repiquer aux bons passages de *Madame Bovary* pour me retrouver à quelques détails près. Un mari embêtant qui fait l'amour comme une patate, l'ennui tire Madame par les glandes et la pousse à *s'envoyer en l'air* au premier Rouen venu. C'était clair. Thomas, lui, aurait été bien sot de n'en pas profiter. Peut-être y avait-il aussi de la Bovary dans son cas. C'était possible, après tout ! En somme, nous faisions d'une pierre deux coups. C'était de l'organisation bien comprise. Nos brosses à dents voisinaient sur la banquette arrière, des pyjamas peut-être, un livre pour les heures creuses (on ne sait jamais !)…

La situation ainsi éclairée prenait une tout autre tournure. Il suffisait d'admettre honnêtement que nous n'avions rien à voir avec le Couple Glorieux batifolant dans la verte innocence du Paradis Terrestre, puisque nous n'avions pas repris l'histoire à son début et que déjà poussaient sur nous les feuilles du péché reconnu. Pourtant la banalité de ce qui nous arrivait n'en excluait pas la saveur.

Je voyais Thomas à la lueur du tableau du bord. S'appliquait-il seulement à éviter les ornières que la bruine rendait indistinctes, ou ce visage durci était-il le reflet de pensées voisines des miennes ? Je m'accrochai au mouvement régulier de l'essuie-glace. Les petits balais allaient et venaient, essuyant le chagrin noir de la vitre. Le calme me vint de là. On devait pouvoir venir à bout d'un amour mal parti, comme on vient à bout de la pluie, en les écartant inlassablement. L'important était de voir clair pour avancer et sortir du nuage.

La voiture s'arrêta enfin. Je dis bien la voiture, car j'avais fini par la considérer comme un personnage doué d'une volonté tout à fait indépendante de la nôtre. Elle avait bien voulu nous conduire jusqu'à cette auberge côtière. Elle nous permettait de l'abandonner ; on pouvait lui accorder une certaine reconnaissance quand on savait, comme nous, de quoi elle était capable.

Thomas revenait de loin, serrait mon épaule. Le monde reprenait forme autour de moi. Il y avait de la lumière aux fenêtres de l'auberge, des rideaux à carreaux. Quelqu'un ouvrit la porte, dit qu'il revenait *le temps de faire un saut* et s'enfonça dans le noir.

« J'ai faim, dit Thomas, on va voir ? »

La lumière de la salle nous frappa aux yeux. Je me réveillai. Il y avait des casseroles de cuivre pendues aux murs, une dame à cheveux gris qui prenait mon manteau. Thomas m'entraîna vers une table sur laquelle nous nous abattîmes comme des nageurs épuisés sur une bouée.

La nourriture nous ressuscita, mais ce qui nous rendit vraiment à nous-mêmes fut la découverte d'une grande table ronde placée en face de la nôtre et qui réunissait autour d'elle une dizaine de personnes apparemment fort joyeuses. Notre entrée y avait fait naître un mouvement de curiosité que nous leur rendîmes largement dans l'heure qui suivit.

— Chic, une *bande de jeunes* ! souffla Thomas en me poussant le coude.

C'en fut assez pour nous replacer immédiatement dans cette position d'observateurs narquois que nous prenions volontiers. Rien ne nous échappait. Nous chassions le ridicule avec une rigueur justifiée par l'espoir que ce même ridicule ne pourrait ainsi nous atteindre. Nous regardions les autres et c'était encore un moyen de nous isoler davantage et de nous maintenir à un niveau supérieur en dénonçant sans pitié toutes les attitudes qu'il convenait, selon nous, d'éviter. C'était le zoo, le cirque gratuit, le cinéma permanent.

Les convives de la table ronde étaient en nombre tellement pair qu'il nous fut aisé de trouver avec qui tel était marié et avec qui il aurait voulu l'être. Au bout d'un quart d'heure nous les connaissions tous par leurs prénoms respectifs. Nous étions bien tombés. De grands morceaux de phrases nous arrivaient en pleine assiette, plus savoureux pour nous que les petits pâtés qui s'y trouvaient.

— L'important, disait un Robert, c'est de mettre le compteur à zéro au départ, sans quoi tu ne peux pas faire de moyenne exacte… Cet été, mon vieux, j'ai fait Paris-Pornichet à quatre-vingt-dix avec les gamins, les valises, et encore je me suis arrêté vingt minutes après le Mans pour Jeannine qui avait mal au cœur, sans quoi…

Une grosse Monique fessue affirma, pour notre bonheur, qu'elle ignorait tout du mal au cœur, sauf pendant ses grossesses et encore… « Pour Didier, rien de rien. Je ne peux pas vomir, qu'est-ce que tu veux !… »

Thomas s'étranglait dans sa sole. J'avalais ma serviette.

— Et dire qu'ils ont notre âge ou à peu près, tu te rends compte ? Tu crois que nous deviendrons comme eux ?

Thomas me regardait, inquiet, la fourchette en suspens. Nous deux ? Bien sûr que nous ne serions jamais ainsi. En supposant que la bêtise naturelle de ces gens fût aggravée par dix ans de vie commune, cela ne risquait pas, de toute façon, de nous arriver à Thomas et à moi.

La bonne humeur continuait son train, à côté. Il était question maintenant d'une grand-mère et d'un certain Papouche qui n'arrêtaient pas de se pincer pendant les séances de télévision. Puis des bouts de phrases coupés par le bruit des couverts.

— Tu comprends, disait une blondeur pointue, c'est agaçant, à la fin…

— … Oh, toi, Solange, tu arrives toujours après le *credo*, c'est bien simple !…

— … et mon dominicain d'arriver en pleine foire…

— … non, non, non, criait Elizabeth avec des gestes d'éventail, vous exagérez, Bruno, je vous assure que ce n'est pas du tout à ça que je pense…

Notre silence dut gêner, à la longue, car après quelques regards méfiants dirigés vers nous, les voix baissèrent d'un ton et il ne nous en parvint plus que de petits éclats indistincts. Nous achevâmes sans doute de nous rendre odieux lorsque, sur le point de partir, une jeune femme maniérée, qui gardait sûrement ses démonstrations de tendresse conjugale pour les restaurants, s'avisa d'embrasser sur l'oreille un époux surpris ; il reçut l'hommage comme il aurait fait d'une mouche. La jeune femme jeta un rapide coup d'œil autour d'elle et se pinça sur-le-champ devant nos faces hilares.

— Raté ! dit Thomas, mais c'était drôle. Embrasse-moi sur l'oreille, Marianne.

— Non, tu rirais, ce serait aussi raté.

— Eh bien, moi, je le fais.

Ce n'était pas *raté* du tout et je n'avais pas envie de rire le moins du monde. Que m'arrivait-il donc ?

— Tu as rougi, dit Thomas. Marianne, regarde-moi…

Oui, j'avais rougi et c'était bien la première fois. Je n'osais plus regarder Thomas, affolée par tout ce qui me passait par la tête. C'était aveuglant. Moi, Marianne la tranquille, je désirais cet homme qui était près de moi ; j'avais tout à coup les pensées les plus inavouables. Peu importait que Thomas m'aimât ou non. J'avais envie qu'il me prenne dans ses bras, qu'il me serre, qu'il me casse. Quelque chose, quelqu'un m'avait poussée par l'épaule, me faisait tourner sur moi-même, plus vite, plus vite, seule au centre d'un tourbillon qui brouillait tout l'entour, seule avec Thomas qui commençait à comprendre, Thomas qui me serrait les doigts à les briser et me disait de me taire alors que je n'avais rien dit.

Je ne sais pas comment nous fîmes pour commander un dessert et l'avaler, comment Thomas mit la voiture au garage, tandis que je l'attendais près du bar sous l'œil sec d'une femme qui ressemblait à ma mère d'une façon effroyable.

Il me semblait que vivaient en moi deux, trois Marianne bien distinctes les unes des autres et qui parlaient toutes à la fois.

« Vous voilà bien embarqués Thomas et toi, disait la première. Vous savez ce que vous allez faire dans quelques instants ? »

« Tais-toi, disait l'autre. Je ne veux pas le savoir. Je veux une surprise. J'aime les surprises. Les surprises dans des cornets de couleur qu'on déchire vite, vite, pour vingt francs, à l'épicerie du coin. »

Et la troisième :

« … Cette vieille te regarde. Elle sait. Elle te blâme. Elle a sûrement une fille de ton âge, quelque part. Elle y pense en te regardant. Si c'était ma fille… Ça ne l'empêchera pas, tout à l'heure, de vous tendre une seule clef à Thomas et à toi, mais ça ne l'empêche pas non plus de *penser* maintenant… Regarde son œil… Fais quelque chose pour la tromper. C'est ça, promène-toi à travers la pièce, les mains dans les poches. Fabrique de la désinvolture à poings fermés, va examiner de près la *vue du port* qui est accrochée sous la pendule.

« Thomas est ce que tu connais de plus beau au monde et Thomas t'appartient. Il vient vers toi. Il a mis la clef de contact dans sa poche. Il tourne le mur du garage. Il approche de la maison, de toi. Ton ventre se creusera pour lui lorsqu'il va paraître. Il le sait bien. Il te domine en ce moment. Tu n'as pas peur ? Tu n'as pas honte ? Le voici… »

Je n'ai pas peur. Je prends mon élan. Je suis l'avion qui se cabre au bout d'une piste, qui se calme un instant avant de s'élancer de toute sa force. Un escalier, un couloir, une porte ouverte. Après, je ne sais plus. Après, c'est Thomas, mon amour, c'est la nuit bouleversée, la surprise déchirée au coin d'un lit, toi Thomas, mon amour, mon doux orage, ma vie. C'est la fleur chinoise qui s'épanouit, somptueuse, dans l'eau. C'est une mort très douce dans laquelle je m'enfonce lentement de courbe en courbe, à quatre genoux, à quatre mains. C'est un peu la fin du monde.

VII

C'est une gageure de vouloir écrire tout cela, sagement assise derrière une table. Comment ressusciter, à onze heures du soir, un matin d'il y a si longtemps ? Peut-être vais-je, de bonne foi, mentir. Le temps, s'il ôte de la force aux événements passés, leur ajoute des images, des agréments, des sentiments nouveaux. Les mots se mettent dans les souvenirs comme les mites dans un vêtement. Comme c'est vilain à voir, on remplace, on raccommode, on substitue. On dissimule une reprise sous une broderie. Allez donc vous débrouiller avec une vieille vérité lorsque la vérité de la minute présente est elle-même sujette à tant de fluctuations !

Je me souviens du matin, de nous allongés côte à côte avec cet air serein et distrait qu'on voit aux grands rois morts sur lesquels on s'appuie en passant dans les églises. C'était beau comme un film, ce réveil d'amants épuisés sur un fond de mer étincelant. À n'y pas croire.

Je ne pouvais me résoudre à m'éveiller ni à dormir tout à fait. Je faisais l'inventaire de tout ce que j'avais été et de tout ce que j'étais devenue. Je ne me reconnaissais plus. Je venais de naître. Moi, qu'une honte imprécise avait toujours jetée dans les bras de Marc, malhabile et crispée, moi sur qui trois années de mariage étaient passées comme un souffle sur l'eau, j'avais découvert en une nuit la gourmandise et la curiosité. Je savais désormais ce que je voulais et à quoi je tenais. Mes désirs obscurs s'étaient transformés en volontés précises. Ainsi, tout était permis dans ce champ clos que Thomas avait ouvert pour moi. Tout était délicieux. Le monde devenait simple, transparent, intelligible. Je m'étais ouverte à lui en même temps qu'à Thomas. Je me sentais bonne, pitoyable. Je fondais.

Après, nous nous sommes levés et nous sommes descendus. La vieille était toujours assise derrière son bar au pied de l'escalier. Elle m'a regardée d'un air curieux, insistant. J'ai compris pourquoi en me voyant dans une glace. Je n'avais plus que deux yeux sur un fil de figure. Une drôle de tête absente, délavée, transparente. Thomas aussi était bizarre.

L'âge adulte avait commencé. Il nous restait encore une demi-journée pour vieillir définitivement. C'était difficile de l'oublier, mais c'est Thomas qui trouva le moyen, en m'emmenant sur ces chariots à voiles qu'on fait courir sur les plages lisses du Nord après que la mer s'est retirée.

Thomas conduisait, assis devant moi. Il fallait pousser le véhicule dans le sens du vent en réduisant plus ou moins la voilure comme sur un vrai bateau. La vergue qui soutenait la voile passait à la hauteur de nos têtes, nous obligeant sans cesse à nous pencher pour éviter de la recevoir en plein front. Parfois, privé de vent, le bateau ralentissait et il fallait le pousser à la main presque jusqu'au ras des vagues pour prendre du champ et le remettre dans la bonne direction. La voile se gonflait avec un bruit sec, entraînant les roues qui commençaient de tourner doucement puis de plus en plus vite jusqu'à nous couper le souffle et nous faire pleurer de vitesse. Je passais mes bras autour de Thomas, j'appuyais ma tête sur ce dos solide, amical et j'écoutais le bruit du sable écrasé par les roues. Je me persuadais avec délices que ce jeu était très dangereux et que nous pouvions nous tuer d'un moment à l'autre. Je regrette quelquefois que ce ne soit pas arrivé.

Plus tard, nous provoquâmes un mouvement de stupeur en entrant dans un restaurant. Nous étions couverts des pieds à la tête d'une boue de sable jaillie des flaques d'eau que nous avions traversées et qui nous donnaient des allures de léopards. Un maître d'hôtel, visiblement écœuré de recevoir des gens en pareil état, nous relégua dans un coin avec des mines de pincettes. « On est dégueulasses, disait Thomas avec une satisfaction évidente. Si je nous voyais entrer, je nous jetterais dehors incontinent… On mérite des gifles pour s'aimer aussi salement !… Regardez, mais regardez dans quel état *ils* sont ! On ne pourra jamais les *ravoir*, c'est sûr ! »

Nous sommes retournés sur la plage l'après-midi. Nous nous sommes assis dans le sable contre une cabine de bain. La mer remontait, on l'entendait nettement. Il y avait des familles qui marchaient sur le sable dur pour profiter du dimanche. On avait sorti les enfants, les vieux, pour les mettre à l'air, au soleil. Un garçon d'une dizaine d'années boudait derrière une chaise roulante. Il ne voulait plus la pousser, sa grand-mère. Il préférait recevoir la gifle qu'on lui promettait justement. Il en avait marre. Quelle idée aussi d'amener *ça* sur le sable ! Les roues s'enfonçaient et c'était toute une histoire pour démarrer. « Pousse mémé, petit sagouin, si tu crois que je ne te vois pas lâcher le dossier, attends, tu vas voir… »

Thomas s'est levé, est parti vers l'eau. Il avait une démarche lourde, flânante. Le sable lui faisait le pied marin. Les cailloux qu'il jetait sur l'eau, en se penchant pour viser la surface, rebondissaient deux, trois fois, avant de s'enfoncer. Je ramenai mes genoux contre ma poitrine ; j'y appuyai ma tête ; je rassemblai toute la nuit passée ; je l'étouffais entre mes bras pour l'empêcher de crier si fort en moi. Là-bas, Thomas revenait lentement, chassant un coquillage du pied. Je fermai les yeux, je l'attendais. J'aurais voulu qu'il s'allongeât sur moi, une fois encore, là, tout de suite. Le soleil s'éteignit soudain contre mes paupières. Thomas l'interceptait. Il avait un drôle d'air lourd et fuyant. Il me tira du sol et nous nous mîmes à courir à perdre haleine, jusqu'aux dunes. Le vent se brisait contre les monticules, laissant des creux chauds. Thomas avait posé sa tête sur mes genoux, chassait ma main à travers le sable, parlait de l'été, d'un bateau qu'il avait quelque part sur lequel il m'emmènerait. Le soleil n'en avait plus pour longtemps, maintenant. Nous non plus. Il nous restait à peine quelques heures. La provision s'épuisait. Ce serait désormais le bonheur au centimètre, minuté, précieux comme du trèfle à quatre feuilles. Du bonheur à faire sécher dans les pages d'un dictionnaire, du bonheur porte-bonheur, rare comme une relique.

Nous sommes revenus à Paris au milieu de la nuit.

VIII

Marc m'attendait, l'arme au pied. J'ai compris dès l'entrée quel orage se préparait. Mentir, pas mentir ? Trente secondes pour en décider. J'optai, à tout hasard, pour le mensonge énorme, stupéfiant, qui assied l'adversaire et donne le temps de se retourner, le mensonge sans effort qui meuble l'espace, le stupide, le plus impardonnable de tous, celui qu'on lâche au petit bonheur sans se donner la peine de le rendre même vraisemblable.

Sans bonjour ni bonsoir, Marc, déjà, attaquait.

— D'où viens-tu ?

C'était bien le commencement, sans surprise. C'est toujours ainsi dans les histoires : un mari courroucé qui a raison, qui en profite sans tarder, les bras croisés sur son bon droit et le regard inquisiteur. D'habitude, pensai-je, ils sont plus âgés, plus imposants, avec quelque chose de gras dans les mouvements de bras, des plis sur la nuque… Marc, avec sa gracilité de jeune garçon, ne faisait pas le poids. Il jouait faux. L'œil n'y était pas, la paupière était trop vive, le cheveu trop dru. Il se *forçait*. C'était dommage… Je repris mon texte.

— Euh… d'une retraite dans la Nièvre.

Suivit une histoire compliquée que j'inventai au fur et à mesure et dans laquelle se mêlaient une vieille tante à l'agonie, un père dominicain à visiter et un besoin de solitude à soulager. Tranquillement, je forgeai deux jours de la vie d'une jeune femme chrétienne, charitable et sensible, éprise de vérité et de dévouement. Ma tante Solange était morte à l'aube en me bénissant d'être venue lui fermer les yeux… Oui, ç'avait été très pénible. L'urémie avait eu raison de ses dernières prières. Elle me laissait une machine à coudre et une paire de chandeliers. Il faudrait aller les chercher un jour… Le père Domrémy avait été très chic. Il se souvenait bien de moi. Il a trouvé que j'avais grandi. C'est drôle ! Nous avons parlé longuement comme autrefois… Nous avons *fait le point.* Il m'a bénie un peu. Je crois que j'en avais besoin. C'est toujours bon à prendre.

Silence de l'autre côté. Marc m'écoutait, les bras extrêmement croisés. Le courroux, sans doute. La moutarde qui monte. Le rassemblement de la foudre. La recherche silencieuse des imprécations d'usage : « Ah, perfide ! traîtresse !… » La suite était imprévisible. Question de tempérament, d'époque, de lieu, de mœurs. Dans la Bible, on jette des pierres. Dans Barbey d'Aurevilly, on traîne la coupable par les cheveux. Dans Shakespeare, on l'étrangle avec ce qu'on a sous la main. Dans les faits divers de *France-Soir*, on la matraque à coups de presse-purée. De toute façon, le résultat est le même. La pécheresse s'effondre dans un fouillis de cheveux (blonds de préférence), vivant symbole de son désordre et de sa déconfiture. Le Juste Courroucé se retire avec une dignité tout olympienne, ou s'effondre sur place, ou va se constituer prisonnier au commissariat de police de son quartier.

J'anticipais. Nous n'en étions qu'au jugement, ou plus exactement, à l'interrogatoire.

— Tu as peut-être envie de rire, dit Marc, mais pas moi. Encore une fois, d'où viens-tu ? Tu pars deux jours sans explication, tu reviens les mains dans les poches avec une tête !… J'exige de savoir où tu as passé la nuit ! J'exige, tu entends, parce que ton histoire de tante et de dominicain…

Je ne l'entendais plus. J'écoutais Thomas qui *rentrait*, lui aussi, à l'autre bout de Paris. Je le suivais depuis un moment dans le trajet qui le séparait de moi. Tu me gardes tout entier, avait-il dit en me quittant, désormais je resterai près de toi, même si nous sommes obligés de nous séparer. (Voilà qui arrangeait tout. C'était aussi habile de sa part d'avoir prononcé de tels mots, qu'à moi de les croire.) C'était vrai. Je n'étais plus toute seule en face de Marc. J'avais quelque chose de double. D'autres gestes, d'autres mots, plus lourds. D'autres rêves. Nous étions deux à subir la colère de Marc. Deux contre lui, pourquoi s'obstinait-il ? Pourquoi ces cris ridicules alors que je faisais la boule, repliée en moi-même, absente, attentive seulement à la voix de Thomas ?

Des éclats me parvenaient de loin en loin, rendus inoffensifs par la couche d'indifférence qu'ils devaient traverser pour m'atteindre.

« … Tu comprends bien que cela ne peut durer ainsi !…, hurlait Marc. Tu ferais mieux de partir tout à fait ! »

Mais bien sûr, j'allais partir. Ce n'était pas la peine de me le conseiller aussi violemment. J'étais venue pour partir, pas pour autre chose, Marc, qu'est-ce que tu crois ?…

Je le regardais hurler, cramponné à la table, aux chaises, arpenter le salon, les veines gonflées. Cela devait le soulager de se mettre en rage. C'était normal, après tout. Désagréable pour moi, mais je l'avais prévu. « Crie dans le vide, parle tout seul puisque tu ne devines même pas que je suis absente, que je suis partout en ce moment, sauf en face de toi. Que je suis tout le monde, sauf cette petite putain, comme tu viens de dire. Pauvre Marc ! Même pas une petite putain contre laquelle t'acharner !

« Je suis toute-puissante, je te gomme, je t'efface comme j'efface cette Dominique que Thomas, j'en suis sûre, embrasse en ce moment même, sans envie, pour avoir la paix, parce qu'il ment encore mieux que moi.

« Cesse maintenant de faire tout ce bruit qui ne me concerne pas. Car c'est bien cela : tu fais du bruit, rien d'autre. Tu déchires ma fatigue comme un bruit de moteur agite parfois le sommeil de toute une rue. Tu me déranges. Je me retourne dans mon rêve, je te maudis faiblement et je replonge dans un nouveau silence, mieux défendu. J'ai envie de pleurer, si tu savais !… Ma bouche est encore salée comme celle de Thomas à cause de tout ce vent que nous avons bu. Tu vois bien que tu t'égares... Il fallait m'accuser d'avoir la bouche salée. C'est cela qui est grave, Marc, pas le reste.

« Mettre ma tête dans mes mains, aveugle, muette, descendre au fond de mon bonheur et m'y enterrer. Deux jours, c'est vrai. Deux jours, une nuit. Est-ce que cela peut suffire pour toute une vie ? On m'a toujours dit que j'étais *gâtée.* Deux jours, c'est énorme. C'est trop, sans doute !

« ... Je ne t'entends plus. Tu remues au fond de la pièce, tu t'agites, tu fais semblant de parler, mais le son est coupé. Je n'entends plus rien. Il y a du verre entre toi et moi. Si tu le casses, c'est encore toi qui t'y couperas. C'est sûr. Tu n'as pas de chance, tu sais bien !... »

Marc, arrivé au bout de sa colère était parti se coucher. J'étais seule à deux heures du matin, assise sur une chaise au milieu du salon, comme si j'étais là en visite. Il me fallait faire une valise et, puisque la vie se mettait à tourner en épingle à cheveux, prendre le virage du meilleur côté. Il me fallait déblayer, apaiser toutes ces rumeurs qui mettaient ma tête en feu, ranger le désordre, trier dans tout ce gâchis les bons morceaux utilisables. Je me donnais des ordres intérieurement, avec douceur, comme à quelqu'un qui vient de recevoir un choc. « Assieds-toi sur le canapé, allume une cigarette, détends-toi, réfléchis calmement. » Où aller à cette heure ? Pas chez ma mère, en tout cas. J'étais trop fatiguée pour supporter l'éclat qui ne manquerait pas de suivre mon arrivée. Avec elle, le moindre événement prenait tout de suite une allure d'incendie. Je l'imaginais trop bien, triomphante, décrochant le téléphone au milieu de la nuit pour essayer *d'arranger les choses* et menant son enquête tambour battant. Sophie Walbaum ? Il aurait fallu la prévenir, lui expliquer. Les hôtels devaient être fermés, et d'ailleurs je n'en connaissais pas. Je dus m'endormir au milieu de tout cela.

Je me réveillai en plein jour. Marc avait dû partir depuis longtemps. J'étais seule et complètement ahurie de me trouver sur ce canapé. Mes vêtements que je n'avais pas ôtés étaient chiffonnés. J'avais les traits tirés. Je me sentais sale, pâle et courbatue comme si j'avais passé la nuit dans le train, un mauvais train de farce qui m'aurait secouée durant des kilomètres pour me ramener à la gare de départ.

Je me disais qu'il n'y avait pas une minute à perdre et j'en perdais, j'en perdais. Ce n'est pas si simple de retourner sa vie. C'est horriblement fatigant. Il faut prendre son temps, prendre une valise, prendre l'air, prendre un bain, d'abord, pour effacer tous ces plis anciens. On est lasse, trempée d'un vieux sommeil qu'on ne rattrapera, semble-t-il, jamais. Il faudrait pleurer : on ne peut pas. Pas de raison. On a ce qu'on a cherché. Même pas la possibilité de se plaindre. Alors faute de larmes, on ouvre un robinet en grand, on remplit la baignoire. On se déshabille au matin. On fait tout à l'envers. On évite de se regarder dans la glace. On se devine laide avec des plis tristes sur la bouche et les yeux vides comme ceux d'un veau. L'horreur, quoi, la sale gueule à ne pas y toucher. On grimace, exprès, pour mettre un comble à sa propre laideur. Pour se détester tout à fait.

Mais voilà que d'une chaussure coule un filet de sable qui laisse une traînée rousse sur le carrelage. C'est une surprise. On croyait l'avoir laissé tout entier, ce sable, sur la plage d'avant-hier, loin d'ici, dans le passé, dans ce soleil deux fois couché depuis et le voilà qui s'étale comme une plaisanterie de mauvais goût et crisse sous le pied. On se déshabille. Il en tombe de partout. On en avait dans les cheveux, dans les oreilles. On le portait sans s'en douter. On en retrouvera longtemps encore, au fond d'une poche, dans l'ourlet d'une robe. Le sable d'un pareil jour, on met des mois à s'en débarrasser.

IX

D'instinct, je m'étais rapprochée de Thomas, mais c'est vraiment par hasard que j'échouai dans cet hôtel, rue du Pré-aux-Clercs. Cette rue m'avait plu. Elle était tranquille comme une rue de province. Il y avait des volets fermés, des chats endormis sur les trottoirs. Sans les voir, on sentait des arbres au fond des cours.

La timidité me donna une voix brève, impérieuse, pour demander une chambre. Pourtant, rien n'était plus facile que d'entrer là. On ne vous demandait presque rien ; on ne vous regardait même pas. J'ajoute que, pour moi, le fait d'être seule arrangeait bien les choses. J'aurais certainement été moins brave en compagnie d'un homme. Tandis que là, avec mon petit air pâlot et ma valise, j'avais vraiment le sentiment d'une dignité incontestable. On me dirigea vers un deuxième étage, vers un numéro dix qui devait constituer désormais mon refuge, ma tanière.

La chambre était hideuse, avec son papier beigeasse et son fauteuil de peluche. Tout y était faux, depuis le lit d'une taille sournoise, ni à une, ni à deux places, jusqu'au silence, jusqu'au vide. La pièce était pleine de voix, de corps, de respirations. Des présences multiples s'y entassaient, des habitudes, des manies : les ombres superposées de tous les gens qui avaient dormi là. Au début, je n'osais rien toucher, par dégoût. J'avais toujours l'impression de trouver des doigts sous les miens. La glace du lavabo avait des regards, le lit des gestes, de vieux creux de fesses ou de têtes qui n'étaient pas les miens. Je m'y suis habituée. On s'habitue à tout.

La première nuit que je passai là fut longue. Les murs de la maison ne me laissaient rien ignorer des vies étrangères qui m'entouraient. Je recueillais les sons, un à un, essayant malgré moi de les situer. On marchait au-dessus de ma tête, on dansait en dessous. Un pas fit craquer l'escalier, traîna sur le palier, jusqu'à ma porte, jusqu'à ce que j'en eusse le cœur serré, puis s'éloigna, lourd de ma peur. À des chutes d'eau lointaines succédaient les glouglous d'un tuyau qui n'en finissait plus de se plaindre comme un ventre vide à la messe du matin. J'entendais chuchoter derrière le mur près de ma tête. J'entendais tout sans le vouloir. La vie des autres forçait mon sommeil, m'envahissait jusque dans mon lit. Excédée, je collai l'oreille au mur. Une voix de femme bourdonnait... « je lui ai lâché tout ce que j'avais sur le cœur, disait-elle, puis... qu'est-ce que tu aurais fait à ma place ?... » Réponse : « ouin... » Une chaussure tomba, puis une autre, enfin le bruit de perle d'une combinaison chaude. Je suivais le déshabillage comme si j'y étais. Un bruit d'ongle sur la peau, le grincement d'un sommier, « pousse-toi un peu, quoi ! ». Silence. C'était fini de ce côté-là.

Les bruits s'étouffèrent peu à peu. La vie se mettait à feu couvert. Il n'en resta bientôt plus que des braises sous la cendre épaisse du petit matin. Des soupirs lointains, des craquements de meubles. Moi, je demeurais là, transplantée, les yeux ouverts dans le noir et le cœur tout seul, obstinée comme un capitaine de bateau qui croit malin de couler le dernier.

Au début, je restai des jours entiers vautrée sur mon lit, avec des livres. Je m'ennuyais à périr, mais je ne sortais que contrainte par la nécessité de me nourrir ou de laisser balayer ma chambre. J'étais devenue peureuse dans la rue. J'avais toujours l'impression que quelqu'un me suivait pour m'attraper par la peau du cou et m'entraîner Dieu sait où.

Puis, l'argent que je possédais s'épuisant, je retournai au journal. J'y trouvai un message de Marc, très bref, qui désirait me voir pour mettre, écrivait-il, « certaines choses au point ». Je lui donnai rendez-vous dans un café du boulevard Saint-Michel. Je trouvai qu'il avait vieilli. Déjà, je le reconnaissais mal. Il toussotait derrière sa main. Il avait pris des mines de veuf et il était étonnant de ne lui voir point de brassard noir. Bien entendu, je pouvais revenir à la maison quand je voulais. On avait compris que je n'étais pas tout à fait responsable de mes actes… On s'apitoyait sur moi… Mon pauvre petit !… On avait l'œil condescendant, on jouait son vieil oncle navré, son raisonnable, son supérieur. On ne me demandait rien, bien sûr, on se contentait de souhaiter du *fond du cœur* qu'il ne m'arrivât rien de fâcheux.

Je n'en demandais pas tant, mais cette entrevue me rassura et je ne cherchai pas longtemps à comprendre comment Marc s'y prenait pour se démolir tout seul aussi complètement. Que se serait-il passé s'il était venu à moi, charmant, comme je me souvenais de l'avoir connu, autrefois ?

Mon départ stupéfia Thomas ; il ne pouvait se résoudre à y croire. C'était vrai ? définitif ? Je répondis que c'était probablement définitif, car je me voyais mal retourner chez Marc en poussant mon repentir devant moi.

Thomas me regardait, bouleversé. Peut-être mesurait-il seulement, maintenant, à quel point je l'aimais. Peut-être s'en effrayait-il. Ma décision lui paraissait inconcevable et, bien qu'il eût toutes les raisons de s'en réjouir (n'avait-il pas souvent déploré que je dusse le quitter pour rejoindre Marc ?), il ne laissa pas de me représenter sérieusement de quels ennuis cette décision pouvait être la cause. « Tu te mets dans ton tort… tu t'exposes à des difficultés que tu ne soupçonnes pas… tu ne peux continuer à vivre dans cet hôtel… » Une question, enfin, me donna la clef de sa réticence :

— C'est… à cause de nous, Marianne ?

Je le rassurai. Non, ce n'était pas à cause de nous. J'en avais eu assez de vivre près de Marc, c'était tout.

Lorsqu'il comprit enfin qu'aucun argument, aussi solide soit-il, n'était capable d'ébranler ma résolution, que je ne le rendais pas, même indirectement, responsable de moi et qu'en un mot, je ne lui demandais rien, Thomas m'offrit tout. Il ne pouvait plus supporter cette vie hachée et mensongère qui était la nôtre. Il allait m'emmener. Il y pensait depuis longtemps et n'osait me le proposer, craignant que je fusse plus attachée que je ne l'avouais, à Marc, à mes habitudes. Dominique comprendrait ou ne comprendrait pas, il s'en moquait bien. Il serait coupable de vivre plus longtemps contre son cœur. En quelques semaines, tout serait réglé. Nous n'aurions peut-être pas beaucoup d'argent au début, mais un médecin se débrouille toujours. Et puis je t'aime, zut !

C'était la grande cascade, le diamant plein feu, le RÊVE en majuscules. Je restais là, plantée au bord du trottoir, inerte en face de Thomas transfiguré qui me tenait aux épaules et secouait des étincelles, qui n'en finissaient pas de crépiter dans ma tête. Je fondais, encore une fois.

Thomas a fini par se taire et nous sommes restés en face l'un de l'autre, tendus, effrayés, comme si les maisons qui nous entouraient risquaient d'un moment à l'autre de s'effondrer sur nous. Thomas m'attendait, guettait à ma bouche, à mes yeux le signal d'une délivrance. À la fin, c'est tout de même moi qui nous ai tirés du nuage, brutalement peut-être, mais d'une manière efficace.

— Si je comprends bien, dis-je, c'est très simple. Dominique va se laisser mourir de faim ou d'autre chose, peu importe. Elle va disparaître à l'horizon en compagnie de Marc et la route fleurie s'ouvre devant nous.

— Oui, dit Thomas, qui ne me suivait pas encore.

— Alors, continuai-je, nous n'aurons plus qu'à nous enfermer dans un nid douillet, à nous baigner dans le miel. Du bonheur, on en bouffera à toutes les sauces, en ragoût, en vinaigrette... L'oubli descendra doucement mais sûrement sur les ombres de nos victimes. Nous aurons des *débuts difficiles* ? Quelle importance ? L'Amour, te dis-je, l'Amour nous sauvera de tout. Grâce à lui, je deviendrai ingénieuse, économe et fidèle ; grâce à lui, tu seras doux, sobre et patient... Ainsi, nous vieillirons comme deux cornichons bien tassés dans le même bocal.

J'avais surpris Thomas sur son propre terrain. Il enterra d'un soupir le rêve envolé, la Grosse Bêtise conjurée et m'aida de son mieux à orner de détails pittoresques ce *bonheur dans le crime* qui nous avait manqués de peu, un instant plus tôt.

Nous n'y revînmes jamais.

Thomas me rejoignait dès qu'il le pouvait. Il m'emmenait avec lui, le soir, lorsqu'il avait une visite à faire à un malade. Je l'attendais dans la voiture, quelquefois pendant des heures. Je voyais de la lumière à une fenêtre. Je savais qu'il était là et qu'il avait hâte de me retrouver. Je m'endormais sous les réverbères.

Souvent nous restions ensemble le reste de la nuit, mais la situation s'était retournée. C'est lui qui rentrait à l'aube avec des mines de jeune fille coupable. Après l'avoir sans doute attendu toute la nuit, j'ignore quel accueil Dominique lui faisait. Elle n'avait pourtant pas à se plaindre. En fin de compte, c'est toujours elle qui le récupérait.

Un dimanche matin où nous nous étions réveillés très tard, Thomas, ennuyé, appela devant moi Dominique au téléphone. Je le voyais mentir de mon lit. Un infarctus l'avait retenu toute la nuit « … tu sais le type dont je t'avais parlé… » oui, il était un peu fatigué, mais qu'est-ce que tu veux !… Non, ne m'attends pas, je te retrouverai à la messe.

Cette précaution, ce mensonge m'agacèrent. Pourtant, je pensais sans haine à Dominique. Je ne l'avais jamais vue et, généralement, elle avait l'air d'être une invention de Thomas. Malgré cela, je ne pus me défendre d'un plaisir amer en imaginant leur rencontre à la messe, Thomas s'infiltrant entre les prie-Dieu et reprenant le *credo* par-dessus l'épaule de sa femme. Il avait sûrement raison de vivre de la sorte. Le bon Dieu y retrouvait son compte et cessait de pleurer. Ainsi devait être, sans doute, un homme de bonne volonté !

X

Il arriva que Thomas disparût pendant plusieurs jours de suite, soit qu'un malade l'occupât particulièrement, soit qu'il eût à remplir quelque tâche inévitable comme pendant cette semaine où il dut accompagner Dominique sur les lacs italiens.

Il m'avait annoncé son départ, la tête basse. Il avait fait ce qu'il avait pu pour remettre ce voyage, mais il lui était désormais impossible de s'y dérober… « ou c'est le drame !… » Il avait l'air si malheureux, que je dus l'encourager à partir comme s'il se fut agi pour lui d'absorber une potion rebutante. Je profiterais de son absence pour aller rendre visite à Sophie Walbaum que je n'avais pas vue depuis longtemps. Je m'occuperais. Deux semaines, ce n'était pas le bout du monde.

Thomas, rageur, s'en alla donc porter les valises de Dominique autour des îles Borromées. Il avait l'air d'un Croisé partant pour exterminer les Turcs. Avec la foi en moins.

Thomas parti, tout me sembla triste, pesant, inutile. Mon désarroi m'apprit à quel point il m'était devenu cher. Je vivais mal. Je comptais les jours qui me séparaient de lui. Je le suivais par la pensée à travers les pays qu'il traversait. Je souhaitais que Dominique se rendît odieuse.

Je fus voir Sophie, comme je l'avais dit. Je la trouvai qui greffait des arbres. Elle se plaignit de la rareté de mes visites et demanda des nouvelles de Marc, ce qui me fit supposer que celui-ci n'avait pas répandu la nouvelle de mon départ.

Je suivis Sophie à travers le jardin. Elle tâtait les jeunes branches d'une main avertie, en fendait le bois à l'aide d'un petit couteau et glissait dans la coupure de minuscules rameaux. Puis, d'un geste rapide, elle liait le tout avec du raphia.

Je m'amusais de la voir tirer la langue, appliquée. « L'important, disait-elle, est d'éviter les cicatrices trop apparentes. Maintenant, je sais m'y prendre. Tout vient du mastic... Autrefois, j'ai fait des horreurs. Regarde ce prunier, là, il a un bourrelet affreux. Un véritable déshonneur de jardinier ! »

J'ai gardé un souvenir précis de cette visite à Sophie. Je dirai pourquoi.

Nous étions dans le salon, celui-là même où j'avais vu Thomas pour la première fois. La douceur de l'air permettait de laisser ouverte la porte vitrée. J'étais assise sur le seuil, les jambes au soleil roux de cinq heures du soir. Sophie allait et venait, désignait, au bas du perron, le massif de tulipes, en faisait apprécier le parfum sucré. Elle versait du thé, posait du miel sur une biscotte. Elle agissait *bien.* Elle n'était ni triste ni bruyante, bonne de la tête aux pieds et je l'enviais. Sophie Walbaum valait mieux avec ses cinquante ans et son visage fané que moi avec ma jeunesse. Elle, elle avait su choisir et ne s'était pas trompée. Je pensais à cette vie toute lisse et calme que j'aurais pu avoir aussi et que j'avais refusée, une vie que j'imaginais avec cette abondance d'images séduisantes qu'on prête généralement à ce qu'on sait impossible. J'aurais aimé un homme doucement, mais sûrement, comme Sophie aimait Frédéric. J'aurais, comme elle, taillé des arbres, élevé des enfants. J'aurais vécu dans une attente paisible avec des oranges sur la table, des cantates de Bach, des baisers sur mon front, des saisons. J'aurais été simple, droite et pure, alors que je me sentais chiffonnée et tortueuse, pis que cela, inintelligente puisqu'enfin, je ne faisais pas autre chose que regretter ce qui m'avait été offert.

— Tu as changé, disait Sophie, maigri… Tu n'es pas malade ?

— Je suis partie.

— Partie, comment cela ?

— Je ne vis plus avec Marc, dis-je, j'habite toute seule.

— Allons bon, dit Sophie en se léchant un doigt. C'est grave ?

— Non, c'est fini.

— Comme tu y vas ! dit-elle, fini, qu'est-ce que cela veut dire ? Vous vous êtes querellés ? Marc a fait une bêtise ? Ou toi ?

Je ne dis rien de Thomas. Avec Sophie, il était impossible de prévoir où pouvait mener une confidence de cet ordre.

— Bon, c'est la *crise*, dit Sophie... Tu n'as pas besoin de t'en faire, ajouta-t-elle, cela arrive toujours au moins une fois par vie. Moi, j'ai fait mieux... Mais c'est sans intérêt. Je suis revenue, tu vois bien, et je n'en suis pas morte.

— Je ne reviendrai pas, dis-je, du moins je ne le crois pas et je ne pense pas en mourir non plus.

J'ai mis longtemps à prononcer le nom de Thomas Sandier, bien que je fusse peut-être venue uniquement pour cela, mais comme je ne voulais pas que Sophie pût établir un rapport entre Thomas et ce que je venais de lui apprendre, je pris toutes sortes de détours pour arriver à mes fins. (C'était cousu de fil blanc, me dit-on par la suite.) Je rappelai cette soirée vieille de plusieurs mois déjà. Je parlai des invités. Qui étaient untel et untel ? Sophie, qui aimait raconter des histoires, ne se faisait pas prier pour me répondre. Et ce garçon, Sandier, je crois ? Que faisait-il au juste ? Y avait-il longtemps que Sophie le connaissait ? J'appris de la sorte que Thomas Sandier était un jeune médecin assez brillant dont Sophie avait très bien connu la mère, qu'il jouait aux échecs et possédait une femme ravissante dont il devait être extrêmement jaloux, car il ne la montrait jamais. Sophie avait pourtant rencontré la jeune femme une fois ou deux. Elle ne la connaissait pas davantage mais elle savait qu'elle était la fille du professeur Benneton, le spécialiste du poumon dont Thomas était devenu le principal assistant.

J'ignorais ce détail. Il éclairait d'un jour nouveau la position de Thomas auprès de sa femme, une position qui, je dois le dire, ne me déplut pas. Je compris tout à coup ce que Thomas aurait sacrifié en quittant Dominique pour vivre avec moi comme il me l'avait proposé. Il n'ignorait sûrement pas quelles conséquences fâcheuses cet abandon aurait pu avoir sur sa carrière médicale, et si j'étais flattée qu'il ait pensé passer outre, je me félicitai de ne pas l'y avoir encouragé. Non pas que j'eusse un goût exagéré du sacrifice ou du dévouement. Le sentiment qui m'animait était beaucoup moins noble. Il diminuait l'importance individuelle qu'avait pu avoir Dominique aux yeux de Thomas. Je préférais de beaucoup croire qu'il avait été ambitieux, plutôt qu'amoureux d'elle, ne fut-ce qu'un seul jour. Mon refus de vivre avec lui rassurait l'ambition de Thomas ; Dominique doublait son poids d'entrave ; moi, je prenais l'auréole des rêves irréalisables, des amours impossibles.

Je me découvris ainsi capable d'une jalousie infernale, susceptible de me pousser aux calculs les plus secs. Je n'en avais pas honte. Mon auréole, je la payais très cher.

Parti pour quinze jours, Thomas revint au bout d'une semaine après avoir semé Dominique du côté de Vérone. La liberté lui donnait bonne mine. « Je n'ai jamais tant aimé Paris, disait l'hypocrite. Ah ! Puissante attraction du sol natal ! » En un baiser, il faillit m'étouffer. Moi, j'étais comme un bateau en cale sèche qu'on repousse à la mer.

« Je t'emmène dans un musée », dit-il un soir. Nous étions rue Saint-Simon. Thomas tira une clef de sa poche, ouvrit une porte. Nous traversâmes ce qui me parut être une cour (il faisait nuit et je n'y suis jamais revenue). Des marches, une porte encore. Thomas serrait ma main, me poussait dans du noir qui sentait la naphtaline et le bois ciré.

— C'est ta maison ?

— C'est écrit sur ma carte d'identité.

C'était ce que Thomas appelait *le musée*. Cela y ressemblait assez. De grandes pièces boisées, sombres, hautes de plafond, tapissées, matelassées, et avec cela, froides comme si on n'y avait vécu depuis plus de cent ans. Il y avait de jolis meubles privés de vie, des objets précieux, intouchables derrière leurs vitrines, une bibliothèque sévère, des portraits qui ne badinaient pas. Je parlais bas. J'avais des envies de génuflexions. Je dois dire que Thomas paraissait aussi étranger que moi aux murs qui nous entouraient. Je nous voyais dans la glace immense de la cheminée. Les tapisseries refusaient nos chandails, nos visages trop vivants. Nous étions là comme des erreurs.

Thomas riait, annonçant la visite du *monument*. « Par ici, messieurs-dames… vous traversez en ce moment le salon entièrement aménagé et décoré au XIXe siècle par la famille Benneton et conservé tel jusqu'à nos jours. C'est là, virgule, entre ces murs accueillants, virgule, vautré dans l'acajou et le bois doré, virgule, que Thomas Sandier, l'illustre médecin dont il n'est pas besoin de vous rappeler le mérite, étrangla sa triste vie. Il y reçut quelques visites célèbres. On dit qu'un soir… bref, c'est dans ce fauteuil qu'Elle s'assit, c'est sur ce guéridon qu'Elle posa ses gants… Si vous voulez me suivre… Nous abordons la salle à manger… »

C'est ainsi que Thomas me fit traverser les appartements de l'illustre Sandier, situant pompeusement les endroits précis où l'Ennui pernicieux qui, à la fin, le terrassa (comme on devait le savoir), avait poussé ses plus fortes attaques.

De Dominique il ne fut pas question, mais de cette mystérieuse personne qui avait un soir traversé les lieux, tandis que le grand homme lui tenait la main. Un téléphone fut signalé tout particulièrement à l'attention des visiteurs. Par lui, on avait pu écouter la voix chère… On s'attendrit de loin sur sa galalithe en invitant le public à ne pas y toucher.

La comédie prit fin dans le cabinet de consultations dont le linoléum et le ripolin me parurent presque accueillants, en regard du reste.

Plus tard, Thomas débarrassa un piano des journaux qui le protégeaient de la poussière et commença une sonate de Mozart. Il savait donc jouer du piano ? Il en jouait souvent ? Non, il y avait dix ans qu'il n'en jouait plus. C'était exceptionnel, ce soir…

Je n'aimais pas cette maison. Je le dis.

— Pourquoi, Thomas, m'as-tu menée là ?

— Pour que tu y sois venue, tu comprends ?

Si je comprenais ! Moi aussi, je *répandais* Thomas sur tout ce qui me touchait de près ou de loin. J'ai même si bien travaillé dans ce sens qu'aujourd'hui où Thomas n'est plus là, il est peu de visages ou d'endroits qui ne me fassent tressaillir au souvenir de lui. Il faudrait, par prudence, n'être amoureux que dans un espace réduit, pour ménager sa retraite, comme disent les généraux.

XI

Avoir sans cesse à l'esprit l'idée d'un danger était peut-être un moyen de le conjurer. Je sais aujourd'hui qu'il l'attire à coup sûr. Thomas m'a guérie de la peur pour longtemps.

Notre amour ressemblait à une porcelaine fragile qu'il nous fallait porter à travers un champ de mines. Nous transformions chaque pas en miracle, évoquant du même coup les terribles difficultés qui pouvaient nous attendre. À l'inverse de ma mère qui passait sa vie à se demander ce qu'elle avait bien pu faire au Bon Dieu pour avoir tellement d'ennuis, nous nous étonnions de chacun de nos plaisirs, comme de récompenses qui nous auraient été attribuées par erreur et dont il nous serait demandé compte tôt ou tard et avec quel éclat ! Était-ce le fait d'un sursis arbitraire ? d'une mauvaise plaisanterie ? d'un mirage ? « Nous ne nous sommes jamais vus. Tu n'existes pas. Tu n'es pas là près de moi. Je te rêve. Je t'invente. J'ai de la fièvre. Réveille-moi doucement, s'il te plaît… Réveille-toi. » C'était anormal d'être heureux comme nous l'étions. Ce n'était pas rassurant. *On* devait nous avoir oubliés au fond de la classe, mais cet oubli ne pouvait être que momentané. Il ne fallait pas s'y fier. *On* nous coincerait tôt ou tard. Une imprudence nous ferait prendre. Dites donc, vous là-bas, rappelez-moi votre nom… Si ce dénouement était inévitable, du moins l'aurions-nous prévu, et nous décrivions la catastrophe avec une complaisance affectée.

— On se cassera en deux.

— On se haïra tout à coup.

— On ne pourra plus se piffer.

— On aura mal au cœur rien qu'à se voir.

— Bientôt ? demandait Thomas que cette précision inquiétait tout de même.

— On ne peut pas savoir… peut-être dans vingt ans, peut-être demain ou tout à l'heure. C'est comme les oreillons. On *couve* sans s'en douter et ça se déclare brusquement. Peut-être couvons-nous déjà… Tu ne sens rien, toi ?

— Non.

— Moi non plus, mais cela ne veut rien dire.

— Cela viendra de nous ou d'ailleurs ?

— C'est la même chose.

— J'ai eu un ami autrefois, disait Thomas par souci d'illustration, je l'aimais beaucoup et pourtant je me suis mis à le détester en quelques secondes. Il m'avait donné un coup de coude dans les côtes sans le faire exprès. Cela paraît insignifiant, futile, mais ce fut radical. Je ne l'ai jamais revu… Tu verras qu'il nous arrivera quelque chose de semblable : un mot, un geste maladroit, une froissure, trois fois rien, un cheveu tiré par mégarde, une grimace involontaire…

Ces mots me glaçaient. Je savais comme on peut pardonner beaucoup et très peu à qui vous tient le plus au cœur ; passer sur une trahison et buter sur une inflexion de voix ridicule ; oublier une parole injurieuse et haïr pour un tic, discret mais tenace, qu'on était peut-être seul à avoir remarqué ; aimer la personne la plus sotte du monde pour sa façon d'ouvrir une porte et vouloir en battre une autre pour un sourcil mal coiffé.

Le *coup-de-coude-dans-les-côtes* devint ainsi le symbole de ce qui nous menaçait. En l'évoquant sans cesse, nous lui donnâmes une telle réalité qu'il se produisit.

HISTOIRE DU COUP DE COUDE DANS LES CÔTES

Il était une fois une place Saint-Sulpice sous un soir de mai... Les derniers patins à roulettes écorchaient le bitume, tandis qu'une poignée de cloportes des deux sexes achevaient, avant d'aller dormir, un printanier tour de fontaine. Les patins à roulettes partirent les premiers, les cloportes suivirent. À dix heures, la place était vide, si l'on veut bien ne pas compter les couples bricolant dans l'ombre leur propre printemps.

Je m'ennuyais sur mon banc. Thomas n'arrivait pas. Déjà deux agents étaient venus me regarder de près en traversant la place. À dix heures et demie, Thomas n'était toujours pas là.

Bien sûr, j'aurais dû ne pas insister tellement pour passer ces deux jours à la campagne puisqu'il était évident que Thomas n'en avait pas envie. Son retard le confirmait assez.

— Où ça ? avait-il demandé sans enthousiasme.

Où, je n'en savais rien. Quelque part dans l'herbe, pour se reposer des fumées de Paris. Au bord de la mer, dans les bois, n'importe où, mais ailleurs… Thomas avait bâillé.

— Et tu voudrais partir quand ?

Il aurait fallu ne plus parler de ce projet. Au contraire, j'avais insisté.

— Samedi, par exemple, on aurait le temps de décider.

— C'est ennuyeux, dit Thomas, j'ai justement un dîner chez des gens, samedi soir. J'ai promis… Je ne peux pas…

C'était clair, pourtant, mais ma maladresse ne désarma pas.

— Tu en sors à quelle heure ?

— Tard, j'en ai peur…

— Tu ne peux pas trouver un prétexte pour t'en aller ?

— J'essaierai…

— Je t'attendrai à neuf heures et demie, place Saint-Sulpice.

Thomas arriva enfin à onze heures moins le quart. Il conduisait rageusement, jurant aux sens interdits, aux feux rouges, maudissant tout à tort et à travers.

— Où veux-tu aller ?

Voilà qu'il se mettait à mes ordres avec une impatience mal tenue qui me venait au cœur comme un paquet d'eau froide. Je n'avais plus envie d'aller nulle part. Je redoutais je ne savais quoi. Il valait peut-être mieux rester à Paris…

— Et *ta* campagne, alors ? *Tu* as besoin de prendre l'air, non ? Alors, allons-y.

J'étais effondrée. Un tas de salade cuite. Je ne savais plus si j'avais jamais désiré partir ce soir-là avec Thomas. Je me détestais : c'était la seule chose certaine.

Thomas sortit de Paris et commença d'enfiler des routes, au hasard, sans un mot. « La mer, c'est trop loin », dit-il seulement. « Va donc au diable ! », pensai-je, et je me mis à chantonner et à raconter toutes les histoires qui me passaient par la tête pour le dérider et tenter de rattraper cette mayonnaise qui tournait si mal. Je croyais néanmoins que le plus dur était passé. Je n'avais aucune idée de ce qui allait suivre.

À Conflans-Sainte-Honorine, Thomas consulta sa montre et prit une route départementale. Il était muet, glacé. Je n'avais pas réussi à lui arracher un sourire.

C'est ainsi que je m'endormis ce soir-là, dans un hôtel sinistre des bords de l'Oise. Le pays s'appelait Jouy-le-Moutier. Je ne suis pas près de l'oublier.

Je m'éveillai dans un matin gris. Thomas dormait loin de moi, la barbe mauvaise. Je m'approchai de lui et l'embrassai. Il ouvrit les yeux, s'étira, se tourna vers moi et me considéra longtemps avec un sourire bizarre. À la fin, il étendit la main et me caressa la joue très doucement, comme on fait aux enfants : une caresse distraite, insupportable, qui me bouleversa tellement que j'éclatai en larmes. Thomas voulut me prendre dans ses bras, lever vers lui mon visage que la honte collait à l'oreiller. Plus j'essayais de me calmer et moins j'y parvenais. C'étaient les vannes ouvertes, les gros bouillons. Je pleurais sans savoir pourquoi, comme cela ne m'était pas arrivé depuis longtemps. J'en avais honte et plaisir à la fois. Je n'y pouvais rien. Je me laissais secouer avec une docilité complète. Je faisais la planche. J'éclusais.

— Qu'est-ce qui te prend ? demanda Thomas. Toi, tu pleures ?

— J'ai peur.

— Peur de quoi ?

— De te perdre... Que tu ne m'aimes plus... de nous... de tout.

— C'est nouveau, dit-il, je te croyais plus sûre de toi. Plus désinvolte !...

Que je supportais mal cette voix froide, rêveuse, qui laissait des mots suspendus, cette voix qui se muait en pensée ! J'avais envie de sortir de mon oreiller pour regarder Thomas, et je me sentais laide avec mes yeux rougis et ma bouche sèche : une tête qui porte tous les torts, à coup sûr. J'atteignis, toujours enfouie, des lunettes de soleil que j'avais, par bonheur, emportées. Thomas me regardait faire, calmement.

— Tu es bien avancée, maintenant... Tu as l'air d'un hibou.

— Merde, dis-je, en m'adossant à l'oreiller.

— Pardon ?

— J'ai dit : merde !

— Ah, dit Thomas, j'aime mieux cela.

— Tu es une saleté, continuai-je, une pourriture, un salaud…

— Bon, dit-il, je te retrouve. Les larmes, cela te ressemblait si peu !

Maintenant que toute joie s'en était allée de moi pour longtemps, Thomas chantonnait, faisait son heureux-de-vivre, son ravi-du-beau-temps. Depuis la veille, nous jouions à la balançoire. Quand l'un était en bas, l'autre était en l'air.

Je ne connais pas d'endroit plus triste que ces bords de l'Oise où nous nous trouvions. De la terre noire, pierreuse, où des touffes d'herbes pâles s'accrochaient à regret ; des arbres mités, scrofuleux, à demi morts, penchés sur la rivière boueuse, irisée de pétrole, qui traînait lentement vers la Belgique des péniches noircies de charbon.

Muette de rage, je suivais Thomas le long de la berge, cherchant sans le trouver le mot drôle qui le réveillerait et lui ferait oublier l'avalanche désastreuse du matin. Lui, il marchait à longues enjambées méchantes, en avant de moi, sans m'attendre. Nous contournions des tas de ferraille, des buissons loqueteux, gris de poussière, que Thomas fouettait d'une badine, au passage. Au lieu de me dire qu'il ne s'était rien passé de très grave et que l'humeur de Thomas, tôt ou tard, se dissiperait, je poussai tout au noir et je dus employer toute l'énergie qui me restait à refouler des larmes encore prêtes à déborder.

Le déjeuner fut atroce. Nous nous étions arrêtés dans un restaurant routier pour y expédier un repas que l'habitude plutôt que la faim nous commandait de prendre. Alors que, seuls en face l'un de l'autre, nous eussions peut-être réussi à nous détendre, la présence de convives bruyants, que la malchance plaça près de nous, acheva de nous exaspérer. Thomas grinçait des dents, consultait sa montre et boudait son assiette. Il déclara tout à coup qu'il avait l'intention de rentrer à Paris le plus tôt possible pour éviter, précisa-t-il, la foule des voitures du dimanche soir. Le temps passait. Le garçon, débordé par l'affluence des consommateurs, était insaisissable, n'avait pas de monnaie. Des verres se renversaient, le vin rouge se répandait sur les tables. On trempait dans la friture et le miroton. Je regardai Thomas comme on doit regarder ceux dont on sait qu'ils vont mourir : pour se graver leurs visages dans la mémoire. Il y aurait de la frite dans cette agonie-là. C'était sans importance. Le garçon l'avait trouvée, sa monnaie. Encore quelques minutes et ce serait fini. Déjà, les derniers gestes de Thomas avaient commencé. Il ne fallait pas les perdre. Peut-être seraient-ils les seuls dont je me souviendrais : celui qui m'aidait à passer mon manteau; celui qui ouvrait la porte devant moi.

J'ai voulu lui prendre la main dans la voiture. Il en avait besoin, justement, pour passer une vitesse. Il était quatre heures de l'après-midi.

On pleure très bien derrière des lunettes de soleil. C'est pratique, propre, discret. Il suffit de passer un doigt au bord du verre de temps à autre pour éponger le trop-plein. On est derrière comme dans un aquarium. Au bout de deux kilomètres j'avais rouvert les vannes. Au point où j'en étais, cela me fit du bien.

— Tu vas t'arrêter, dis-je enfin.

— M'arrêter, dit Thomas, pour quoi faire ?

— Parce que je n'ai pas envie de rentrer à Paris maintenant. Tu n'as qu'à me laisser quelque part sur la route... Tu m'ennuies terriblement !

— Qu'est-ce que tu vas faire ?

— Me promener.

— Tu es stupide.

— Ça m'est égal. Tiens, là, c'est très bien.

Je m'éloignai dans un chemin, le long d'un petit bois. J'avais bien fait de quitter Thomas. J'étais à bout de nerfs. Je crus m'isoler en entrant dans le bois. Il y avait des promeneurs qui cueillaient des coucous, des campeurs, des pique-niques. Des garçons me sifflèrent. Je m'enfuis, enragée, sur le chemin par où j'étais venue. Thomas n'était plus là. Il n'avait pas dû rester longtemps. Je marchai jusqu'à un pays. J'allai à la gare. Il n'y avait pas de train pour Paris avant le soir. Je repartis. Je n'avais plus qu'une idée : rentrer, me jeter sur mon lit et dormir. J'essayai de faire du stop, mais c'était l'heure creuse de l'après-midi. Les rares voitures ne s'arrêtaient pas. À la fin, je me suis assise en bordure d'un champ. Je ne pleurais plus. J'étais vide, fatiguée. Il me semblait que rien, désormais ne pourrait me faire bouger de mon talus. On aurait pu me tuer, je n'aurais rien dit. Je me suis allongée. Des herbes passaient au-dessus de ma figure. J'étais couchée dans la folle avoine. Il est bon de se traîner par terre quand on est malheureux. Ça use, ça polit la détresse. J'avais encore de la chance avec ma folle avoine. Si Thomas s'était mis à ne plus m'aimer avenue de l'Opéra, par exemple, je n'aurais eu qu'un trottoir poussiéreux avec des gens qui m'auraient buté dedans.

Des garçons sont passés sur un scooter. Ils m'ont crié quelque chose, puis ils sont revenus. Je les ai envoyés promener de la belle façon. Ils n'ont pas insisté.

À la fin, pourtant, il a bien fallu partir. Le soir tombait et j'ai peur dans le noir. Je ne sais pas comment on a eu le courage de me prendre dans une voiture, sale et échevelée comme j'étais. Des gens très dignes, par-dessus le marché ! Ils m'ont fait une place sur la banquette arrière, entre deux cageots de fruits. C'est comme cela que je suis revenue à Paris. Dans les pommes.

XII

Un cœur brisé n'est pas une image. Il y a vraiment, parfois, quelque chose qui se casse entre la deuxième et la cinquième côte. On n'en meurt pas forcément, mais on vit tout de travers. Affolé, à la merci d'un vertige, on se cogne à tout, à tout le monde ; on penche du mauvais côté. On ne sait plus marcher ni dormir, ni voir, ni croire. On est distrait et curieusement replié autour d'un point brûlant. Le souffle manque, les mains s'ouvrent, la voix se coupe à tout propos. On est maladroit, fragile. On voudrait rentrer dans le ventre de sa mère, dans l'eau tiède qui apaise, et s'y rouler doucement sans savoir qu'on a commencé d'exister. On prend d'instinct la bonne position, on fait la boule, les bras croisés, les yeux fermés, on attend. On est malade, quoi.

J'ai pensé à me tuer, bien sûr (cette tentation-là, on doit aussi l'avoir une fois par vie, comme disait Sophie), mais je ne savais pas comment m'y prendre. C'était à la fois trop facile et trop effrayant. J'aurais voulu ne plus exister et me voir ne plus exister. Me dissoudre sans geste brutal, sans heurt et sans déchet.

Je me défiais : « … Alors, ma douce, on a peur de l'Enfer ? On sait ce qu'on se doit et ce qu'on perdrait encore en se perdant ? » Le gaz, l'eau, le métro, les voitures, la tour Eiffel : tant d'occasions offertes qu'on ne sait plus laquelle choisir. Tant de raisons d'hésiter et de ne rien faire ! Tant de saluts possibles, d'échappatoires ! Tant de raisons de vivre ! D'un côté, la peur du vide, du geste rapide, définitif et vulgaire, l'abandon des faibles, la bêtise ; de l'autre, la gloire de l'obstacle franchi, du détachement sublime, inhumain. Comme exemples, j'avais le choix entre la bonniche abandonnée par son télégraphiste et qui enjambe l'Arc de Triomphe, pour faire un petit tas place de l'Étoile, arrêter quelques voitures, quelques curieux, avant de se faire balayer proprement par le service de la Ville (c'était peu, c'était sale, cela ne servait à rien, cela ne faisait pas sauter le monde) et le grand renoncement *à la Pavese*, le grand sacrifice consenti avec lucidité et consommé sans ostentation : l'ÉCHEC en majuscules, mais l'échec de toute manière.

J'essayai des morts différentes comme des robes, sans en trouver une à ma taille. Ou j'y étais à l'étroit, ou j'y flottais, ou la couleur n'était pas la bonne. J'étais une cliente difficile. J'aurais aimé qu'on choisisse pour moi.

Convaincue, enfin, que, respect de soi ou lâcheté, je ne me résoudrais jamais à mettre un terme à ma *difficulté d'être*, je souhaitai l'accident fortuit qui s'en chargerait à ma place. Je rêvai du malfaiteur bienvenu qui viendrait me demander la bourse ou la vie. Je lui refuserais ma bourse avec empressement, et en le remerciant, encore.

Les rues de Paris sont beaucoup moins dangereuses qu'on ne le dit. Je le sais pour m'y être aventurée à n'importe quelle heure du jour ou de la nuit, traversant les chaussées, insouciante de la couleur des feux, ou marchant d'un pas tranquille dans les quartiers les plus inquiétants. Les voitures s'arrêtaient à quelques centimètres de moi ; j'abordais aux trottoirs, escortée de cris de freins et de jurons, mais sauve. Les suiveurs louches se désintéressaient de moi très vite. C'était à croire que les étrangleurs, les violeurs, les voleurs et autres puissances des ténèbres étaient subitement devenus des anges chargés, sinon de veiller sur moi, du moins de m'ignorer. Le danger me contournait avec une persévérance irritante. Je suis sûre que j'aurais été la seule rescapée d'un incendie qui aurait dévasté le reste du monde. J'avais trop de chance.

La souffrance éloigne l'objet qui la cause, lit-on dans les manuels. Ce fut vrai, momentanément.

Pendant quelques jours, ce fut moi, l'intéressante. J'avais si mal qu'il me fallait parer au plus pressé. J'étais en plein pansement. Thomas, dans mon esprit, me céda la place. Pas pour longtemps.

Tantôt je décidais de l'exiler définitivement, je le chassais de moi comme une épine douloureuse. N'avais-je pas vécu vingt-cinq années sans le connaître et sans en souffrir, ce qui prouvait assez qu'il était possible de continuer et que, seule, la complaisance que je mettais à l'entretenir donnait de la force à mon tourment ?

Tantôt, au contraire, je ratissais mes souvenirs, cherchant dans les moindres expressions de Thomas la raison d'un espoir aussi pernicieux qu'invincible… « Tu es ma femme… tu m'appartiens… Je ne veux pas que tu t'en ailles, jamais !… » Ces mots vieux comme le monde que Thomas avait employés sans les déguiser – lui qui déguisait tout – n'étaient-ils pas l'écho de sa pensée la plus indestructible ? J'avais été convaincue par leur naïveté même. Ces mots étaient surprenants, venant de Thomas. J'en avais souri, sur le moment, malgré l'air très grave qui les accompagnait. Je croyais n'avoir retenu d'eux que leur signification, et voilà qu'ils étaient restés et criaient en moi dans ces jours d'absence. Je les prononçais comme des incantations, pour les ranimer… « Tu es ma femme, tu es ma femme… » et les visages de Thomas passaient en éclairs. Thomas souriant, ému, grave, attentif, tendre, étonné, Thomas à l'ombre, au soleil, Thomas endormi ou criant de plaisir, Thomas de toutes les couleurs, tour à tour infiniment grand et infiniment petit, toujours fuyant, insaisissable.

J'avais entendu dire que l'alcool, quelquefois, arrangeait bien les choses. J'en ai bu deux ou trois verres pleins, je ne sais plus… J'en ai peut-être bu trop pour obtenir la gaîté ou l'abrutissement qu'on y trouve, dit-on. Thomas continua de naviguer, encore plus précis qu'avant, à travers le brouillard de ma tête. Je n'ai réussi qu'à faire avancer mon lit en pleine tempête jusqu'au lavabo où j'ai tout vomi. Je n'ai jamais recommencé.

J'attendais. Je guettais le facteur, le téléphone, les bruits de moteur dans la rue. Voir Thomas, l'entendre, le toucher était devenu une idée fixe dont rien ne pouvait me distraire. Si je prenais un livre, il me tombait des mains ; si je décidais d'aller du côté de chez Thomas à l'heure où il était possible de le rencontrer, je pensais aussitôt qu'il me suffirait de quitter ma chambre pour qu'il m'y appelle et, ne m'y trouvant pas, se décourage à tout jamais.

Un soir, pourtant, je suis allée jusqu'à la rue Saint-Simon. La voiture de Thomas était arrêtée devant sa porte. Je l'ai regardée de loin et je me suis sauvée, terrifiée à l'idée qu'il pouvait sortir tout à coup et me voir. Je suis revenue et j'ai hurlé de rage dans mon oreiller.

Le téléphone, à côté de mon lit, exerçait sur moi une attraction aussi puissante que celle des poignées d'alarme dans les trains. Je n'osais plus le regarder de peur d'y porter la main, d'appeler Thomas, de dire « Viens, je n'en peux plus ! », déjà il m'était arrivé une fois ou deux de commencer les lettres de son numéro, puis d'abandonner.

C'est lui qui m'a appelée, huit jours plus tard, comme si rien ne s'était passé, comme si nous nous étions quittés la veille en parfait accord. Il avait eu beaucoup de travail. Est-ce que je voulais aller au théâtre ? Est-ce que je pouvais être prête dans une heure ? J'étais confondue. Je disais « oui, bien sûr », je ne savais plus où j'en étais. Les fenêtres, les murs tournaient autour de moi. C'était Noël, la surprise, la fin du cauchemar. J'avais tout rêvé, tout inventé. Thomas allait venir, il ouvrirait cette porte, il serait là, près de moi, ici même. Je restai debout, l'écouteur à la main, pétrifiée, alors que Thomas avait, depuis longtemps, coupé la communication.

À la fin, je me suis reprise. Il me restait une demi-heure pour me coiffer, passer une robe, être belle. Je n'y ai pas mal réussi. Je l'ai vu tout de suite lorsque Thomas est entré.

XIII

C'est difficile d'aligner sa vie passée, quand le souvenir brouille tout. On cherche. On dit que du tant au tant il ne s'est rien passé, comme si du tant au tant on s'était rangé dans un placard. Comme si on n'avait pas vécu tous les jours. Si l'on comptait toutes les heures qu'on peut affirmer avoir vécues, on n'aurait pas la moitié de son âge.

Maladie d'amour, semblable aux fièvres d'enfance qui tournent et retournent des images folles entre les draps brûlants. Ce sont des poursuites effrénées, des entêtements sans fin. Pleurer sans larmes, courir sans jambes. Le matin vient avec l'épuisement. Il arrive, pourtant, qu'on atteigne le bel objet coloré. Qu'on s'y cramponne. On tire sur un bout, doucement : il reste dans la main ; on tire d'un coup sec : il casse encore. Alors il faut attraper un flocon, par-ci, par-là. Récupérer ce qu'on peut. Utiliser les restes. On est devenu avare de soi, avare de son amour. On se regrette. Comme on était précieux, sans le savoir ! Comme on s'est gaspillé !

Ô toi, que j'ai laissé aller par imprudence. J'ai été distraite et tu en as profité... Mais je ne perdrai pas un pouce de ton ombre. Je sais la forme du vide, maintenant... Ce jour où tu m'aimais tant, tu sais ? à la fontaine Médicis, non, rue de Seine, sur cette plage, je ne sais plus, qu'importe !... Comme tu m'aimais peu, comme je le savais mal !

Et la mémoire tourne dans la nuit, entêtée comme un phare. Plaf, plaf, à droite, à gauche, passent les éclats lumineux, coupants comme des lames. Allez donc retrouver les trente jours d'un mois de juin, au milieu de ces éclairs ! Je saute d'un mardi à un dimanche, d'un jour de pluie à un soleil couchant... C'était le matin... C'était le soir... Tu disais... Pas si vite, de grâce ! Laissez la lumière sur ce moment-là, je n'ai pas pu entendre ce que disait Thomas. C'était très important, pourtant. Phare, je te briserai, je te contraindrai à laisser toute lumière sur mon amour ! Phare, je te supplie !... Je suis un bateau perdu que tu abuses encore... Non, le port n'était pas là ! Tu me ferais prendre des écueils pour des jetées, l'eau pour le sable... Tu mens sur Thomas, en ne me le livrant qu'en miettes. Je m'essouffle à tout recoller, je m'épuise, je n'arrive à rien. Il faut recommencer, recasser pour réparer. Ah ! qui nous remettra en ordre ?

« Regarde ceux-là, disait-il en désignant un couple d'amoureux, ils sont magnifiques ! Regarde comme ils se tordent les doigts, comme ils se regardent. Ils sont émerveillés, absorbés par eux-mêmes. Ils ne voient rien... Ah, je les envie ! »

Thomas restait au bord du trottoir, fasciné par le couple. C'était le nouveau jeu qu'il avait inventé : Regarde-comme-les-autres-sont-heureux. Et moi :

— Tu as tout du voyeur, quand tu auras fini d'*envier*, tu m'emmèneras dîner, j'ai faim.

C'était ainsi depuis le soir où il était venu me chercher pour m'emmener au théâtre. Je sentais parfois son regard posé sur moi, qu'il détournait dès que j'essayais de le saisir. Il se méfiait, mais de quoi ? Quand il m'avait accompagnée à ma porte, je n'avais pas osé le retenir. Puis au dernier moment, ce baiser rapide, furtif, comme s'il en avait honte ou comme s'il ne l'avait pas fait exprès !

J'ai tout essayé pour réduire cette torpeur défensive dans laquelle il se plongeait à chacune de nos rencontres : ruse, silence, éclat.

— Qu'est-ce qui te prend ?

— Rien.

— Pourquoi fais-tu cette tête ?

— Je ne vois pas ce que tu veux dire.

— Tu ne m'aimes plus ?

— Je n'ai pas dit cela.

— Moi, je t'aime…

— Ah !

— Cela t'ennuie de me voir ?

— Si cela m'ennuyait, je ne serais pas ici.

— Évidemment… Mais crois-tu que ce soit drôle de te voir cette figure de lune ?

— Je n'y peux rien.

— Avant, tu n'étais pas ainsi…

Ici, une étincelle :

— Avant, dit-il, tu étais différente, toi aussi. Tu étais drôle, insouciante, fantasque. Tu n'avais peur de rien. Tu n'avais pas cette manie qu'ont toutes les femmes de vouloir coûte que coûte organiser, assurer l'avenir. Ce besoin de prévoir à tout prix et de ne rien, surtout, laisser au hasard... Tu me fais penser à l'histoire des Hébreux dans le Désert. Ils devaient consommer dans la journée la manne qui leur tombait du ciel, mais ne pouvaient sous aucun prétexte en garder pour le lendemain ; certains, prudents, désobéirent et firent des provisions. Tu connais la suite « *Les vers s'y mirent et cela devint infect.* » Tu as voulu faire la même chose, mais l'amour ne fait pas non plus de bonnes conserves. Il pourrit vite dans les placards. Il fallait le consommer sur-le-champ, comme il venait, dans la journée. C'est ce que tu n'as pas compris... Avant, tu m'étonnais, tu ne ressemblais à personne. Je pouvais te perdre à tout moment. Tu m'étais précieuse...

— Tu veux parler de ce matin où j'ai pleuré ?

— Par exemple.

— Au fond, tu ne me pardonnes pas d'avoir eu peur et encore moins de l'avoir montré.

— Peut-être.

— Alors, c'est raté, ai-je dit. Tant pis pour nous. Ce serait d'ailleurs arrivé tôt ou tard. C'était l'inévitable coup-de-coude-dans-les-côtes. Du moins, maintenant, en sommes-nous délivrés, et débarrassés par la même occasion de cet amour encombrant qui demandait tant de soins. C'est mieux ainsi, n'est-ce pas ?

— Non, dit Thomas, c'est bête.

Une étincelle, oui, mais qui n'avait mis le feu nulle part. Quand les plombs de l'état de grâce ont sauté, il est naïf de croire que la bonne volonté suffise à le rétablir.

Thomas était là sans y être, m'aimait d'un demi-cœur. J'aurais préféré qu'il s'en allât complètement, et je n'avais pas le courage de l'éloigner tout à fait. Il m'appelait quelquefois, ou je le rencontrais dans un café où j'avais élu domicile à l'heure du déjeuner. Il prenait un air lointain ou bien se lançait tout à coup, avec un enthousiasme volubile, dans la description railleuse d'un bonheur dont il nous excluait d'office, comme s'il était entendu que nous dussions désormais compter pour du beurre.

Puis, lorsqu'il me vit insensible à l'étalage de toutes ces joies défendues qu'il me signalait si complaisamment, Thomas parut se désintéresser du spectacle extérieur, pour me faire part d'une lucidité qui lui était... *heureusement venue depuis peu.*

— Quand on a compris, disait-il, qu'un homme est seulement un assemblage de muscles, de peau, de nerfs et de sang, on atteint, sinon à la sagesse, du moins à une prudence qui peut en tenir lieu. J'ai perdu trente ans à tourner autour de fantômes que j'appelais mon cœur ou mon âme, selon le temps, pour m'apercevoir, aujourd'hui seulement, que ni l'un ni l'autre n'avaient jamais existé. Je croyais tellement en ce cœur ou en cette âme, qu'il m'arriva d'en percevoir des mouvements, comme ces femmes nerveuses qui, se croyant grosses, vont jusqu'à sentir remuer en elles un enfant qui n'existe pas. J'ai vraiment souffert de ce cœur imaginaire, auquel j'avais attribué une indépendance redoutable. N'était-ce pas du dernier ridicule ? J'en avais vu pourtant, des cœurs, des vrais. J'avais appris à quoi ils servent exactement et comment ils s'arrêtent... Je pourrais t'expliquer très précisément comment naissent ce que tu appelles *des sentiments.* Ce serait un cours de mécanique, tu t'ennuierais ! Regarde-moi, Marianne, et dis la vérité. Quand tu es possédée de cet amour sublime, grandiose, tu sais, le Mystérieux, le Grand, le Fort, celui qui fait battre les montagnes et pleurer les petites filles, celui qui vient on ne sait d'où, ce dieu des pâleurs et des rougeurs subites, ce mystérieux phénomène, cet impondérable machin que tu as l'air de si bien connaître, que veux-tu, que souhaites-tu, sinon *le faire* ? Sinon poser ta bouche sur une autre bouche, ton ventre sous un autre ? Que fais-tu, sinon désirer plus ou moins violemment, plus ou moins ouvertement un apaisement auquel ce que tu appelles ton âme ou ton cœur a peu de part, en vérité ? Tu aimes de tous tes nerfs, de toutes tes glandes, mon ange. Ce n'est pas plus grave que cela. Tu aimes parce que cela te fait plaisir d'aimer. Tu pourrais t'en dispenser aussi bien. Trois gouttes d'un calmant, matin et soir, et le tour est joué. C'est une ordonnance à suivre, rien de plus. Le grand air, une volonté d'apaisement, l'empire sur soi, comme on disait autrefois, le travail peut-être : voilà pour la sérénité. Pour le bonheur : la complaisance, le plaisir franc, sans bavure, bien orchestré, avec ce qu'il faut pour y parvenir… J'ai eu dernièrement des voisins de chambre qui se sont laissés aller au bonheur de dix heures du soir à sept heures du matin, les glapissements qui traversaient les murs n'en laissaient rien ignorer. Moi, je ne rêve que de cela : glapir de temps en temps, une nuit durant. Je n'ai envie de rien d'autre, mais rien, absolument rien.

J'écoutais Thomas, je savais qu'il forçait volontairement sa pensée, mais dans quelle mesure et pourquoi ? Cœur fantôme ou pas, la souffrance n'était-elle pas la même, quelle que soit son origine ? « Oui mais, disait Thomas, l'important est de savoir qu'on peut, *à son gré*, la déclencher ou la calmer. S'assurer la liberté d'aimer, si tu préfères. »

S'il cherchait à me persuader, Thomas s'y prenait mal, car cette sérénité, dont il se vantait si fort d'avoir trouvé la clef, n'avait pas l'air de le rendre très gai. Ces mots coupants qu'il venait de diriger contre moi, j'avais l'impression qu'il cherchait, pour son propre compte, à se convaincre de leur pouvoir annihilant. Voulant me blesser, Thomas se blessait lui-même, tel un soldat mal rompu à l'emploi de son arme qui, visant un adversaire, se la fait sauter au nez.

J'ai bientôt cessé de me défendre, moi, mon âme et mon cœur. Je laissais aller Thomas sans le contredire. Je lui donnais raison. J'en rajoutais. Si, soucieux d'illustrer à mes yeux sa nouvelle liberté, Thomas disait : « J'ai rencontré hier une fille délicieuse… » je parlais aussitôt de mes succès personnels, souvent inventés pour l'occasion. Je citais des noms imaginaires. Avec des réticences pudiques, je faisais allusion à de brûlantes aventures, et c'était à qui de nous deux gagnerait au jeu du détachement, du cynisme et de la forfanterie.

Thomas m'écoutait surpris, bientôt crispé. Avec bonheur, je guettais dans ses yeux cette lueur de rage vite dissimulée sous une ironie froide. Me croyait-il vraiment ? Je continuais sans désemparer, cherchant patiemment le point le plus sensible pour blesser à coup sûr (puisque j'avais découvert que c'était possible), tout en recevant de mon mieux les coups qu'il ne me ménageait plus. Le combat cessait au premier sang : un regard plus vif, une crispation des lèvres, le bord des larmes. Si personne n'avait gagné, personne n'avait perdu et l'honneur était sauf. Ce n'était pas si mal.

XIV

J'ai rencontré Claudine Fourrès dans le métro. De moi-même, je n'aurais pas reconnu la petite fille dont j'avais été un temps l'inséparable amie, dans cette longue femme élégante et si bien ratissée, qui me sauta au cou entre Iéna et Trocadéro.

« Ma-ri-a-nne ! Je ne rêve pas ? C'est toi !… » Des gants de chevreau voltigeaient autour de ma figure. On m'embrassait d'une lèvre pointue, soucieuse de sa couleur. L'air embaumait.

Dix ans plus tôt, nous avions collaboré, Claudine et moi, pour réduire au minimum les efforts nécessaires à l'aboutissement d'une *seconde classique.* Nous exploitions d'une manière rationnelle nos aptitudes respectives. Claudine se chargeait de la partie scientifique, expédiait nos devoirs de physique ou de mathématiques qui, sans elle, m'auraient noyée à coup sûr. Je prenais à mon compte les dissertations et les versions latines auxquelles elle entendait peu de choses. Nous gagnions, de la sorte, un temps précieux que nous dépensions allègrement à toutes sortes d'intrigues qui passionnaient notre naïveté. Nous fomentions des complots pour éloigner un tel d'une telle, ou attirer tel autre dans un piège auquel il fallait bien avoir dix-neuf ans pour se laisser prendre. Nous partagions nos chandails, nos garçons et nos ennuis de famille. Nous nous supportions.

Mon renvoi du lycée avait mis fin à cette complicité. Claudine m'adressa quelques lettres au fond de la province où l'on m'avait exilée *pour m'apprendre à vivre.* Je répondis aux premières, les suivantes m'ennuyèrent. De loin, Claudine me parut insipide et les histoires qu'elle me racontait, sans intérêt. Nous avions cessé de vivre de la même façon.

Elle ne semblait pas m'avoir tenu rigueur de cet abandon. Mis à part cette assurance de femme bien faite que je ne lui connaissais pas, je la retrouvais telle que je l'avais quittée avec cette fantaisie et cette vitalité qui m'avaient, autrefois, attirée vers elle.

Je ne déteste pas ces gens prolixes, capables à eux seuls de mener une conversation et qui vous épargnent la peine d'y prendre part. Claudine sautait d'un sujet à un autre avec le propos apparent de résumer dix ans de sa vie avant Michel-Ange-Molitor. Bon, elle était mannequin, elle avait rompu ses fiançailles l'hiver dernier… « une histoire inouïe… je ne pouvais tout de même pas… la famille n'a fait qu'un cri, comme tu imagines… ». J'approuvais, je désapprouvais, je m'étonnais au hasard… « bien sûr… tu as raison… c'est incroyable !… ».

Ranelagh, Jasmin... Marc avait écrit : « Viens à la maison avant mardi, sans faute. Urgent. » Que me voulait-il encore ? Pourquoi *avant mardi* ? Pourquoi *urgent* ?.... « Mais moi aussi Claudine, je suis ravie de te voir... » Pourvu qu'il n'ait pas l'idée de me faire une scène, de vouloir me ramener à lui une fois encore. Comme je l'oublie bien ! Comme tout ce qui le touche m'importe peu, à présent... Thomas, où es-tu ? Ah, pourquoi te promènes-tu sans cesse en moi, n'importe où, à propos de n'importe quoi ?... Michel-Ange-Auteuil, Molitor, pardon, Madame, je descends...

Claudine ne voulait plus me lâcher. « Je t'accompagne un peu. On ne peut pas se quitter ainsi... Je prendrai un taxi au viaduc. » Je ne pus m'en défaire qu'après avoir accepté une invitation à passer un des week-ends prochains à Méréville, dans la propriété des Fourrés où il y aurait, me dit-on, *une bande follement drôle.*

Marc avait une tête mystérieuse et sûre de soi qui m'intrigua dès l'abord. Que faisait-il à cette heure-ci, un jour de semaine, chez lui, alors qu'il aurait dû être à son agence ?

Des placards mal fermés, des livres empilés près d'une valise, une carte Michelin déployée par terre. L'appartement sentait le départ en vacances.

— J'ai un service à te demander, dit Marc, voilà : peux-tu venir habiter ici quelque temps ? Oh ! Rassure-toi, ajouta-t-il, pas avec moi, bien sûr ! Je sais à quel point cela serait au-dessus de tes forces. Non, je suis obligé de partir et cela m'ennuierait que l'appartement reste vide. Tiens, d'ailleurs, regarde toi-même… et il me tendit une feuille de papier. « Le général PERRIET… au lieutenant de réserve LANSON Marc… OBJET : *Rappel sous les drapeaux…* »

— Qu'est-ce que c'est que cette histoire ? Tu as déjà fait ton service militaire !

— Oui, mais cela veut dire que la patrie me rappelle, dit Marc, comme ça, parce qu'elle a envie de me voir, sans doute, parce qu'elle m'aime bien, la patrie. C'est une bonne maman. Elle a dû trouver que j'étais pâlot et qu'un peu d'exercice au soleil d'Algérie me serait profitable…

Marc, assis sur une table, plaisantait comme si tout cela ne le concernait pas.

— Ce n'est pas possible, dis-je, tu ne peux pas partir ainsi. Ton travail…

— Je sais, c'est idiot, je n'avais plus qu'un concours à passer avant le diplôme, et je vais aller perdre mon temps à faire le singe, alors qu'on se passerait si bien de moi dans toute cette fumisterie !

Assurée, désormais, que Marc n'avait pas suscité cette entrevue pour tenter, une fois encore, de me ramener à lui, je devins très amicale.

— Tu ne peux pas essayer de faire quelque chose pour l'éviter ? dis-je, il doit bien y avoir un moyen…

— J'y ai pensé, dit Marc, mais c'est impossible. Je me porte comme un charme, je ne suis pas père de famille nombreuse, je n'ai pas de vieille mère sur les bras, je ne sais même plus si je suis marié, alors tu vois bien !

Sincèrement, j'aurais fait n'importe quoi pour l'aider. Marc n'était plus pour moi qu'un garçon en mauvaise passe. Il devait partir pour une caserne de Versailles, le surlendemain, puis pour un camp de province où on lui remettrait en mémoire le maniement des mitrailleuses.

Nous sommes allés reprendre ma valise à l'hôtel du Pré-aux-Clercs. Le patron nous a regardés avec un regard surpris pour Marc, réprobateur pour moi. Évidemment, il ne m'avait jamais vue qu'avec Thomas. Il avait peut-être fini par me croire *sérieuse*, moi, au moins…

La dernière journée fut pénible. Il pleuvait et nous tournions dans l'appartement, comme deux étrangers dans une salle d'attente. De temps à autre, Marc jetait un objet dans une valise, répandait à terre le contenu d'un tiroir, puis remettait tout en place. Trois mois nous avaient séparés comme vingt ans. Nous nous demandions pardon lorsque, par hasard, nos mains se touchaient. Nous parlions, nous bougions d'une manière désordonnée, pour ne pas laisser le silence et l'immobilité nous prendre, comme on saute sur un pied, comme on tape dans ses mains, l'hiver. Nous avions froid au mois de juin, chacun pour soi, sans remède à offrir à l'autre et sans espoir de réchauffement.

Marc est sorti vers cinq heures pour aller voir sa mère. Je l'ai attendu sans bouger, abrutie au milieu des valises, du désordre. La pluie passait toute droite devant la fenêtre ouverte, frappait le toit des voitures dans la rue, alourdissait les feuilles des marronniers, lavait, lavait le monde inlassablement. J'avais mille ans de fatigue sur les épaules.

— Eh bien, voilà, dit Marc revenu.

Il était assis dans le fauteuil bleu et allumait une cigarette, les coudes appuyés sur ses genoux. « Eh bien, voilà… » et il lança la fumée très loin en l'air.

Toujours la salle d'attente. Nous n'arriverons pas à faire connaissance. Il me regarde, ouvre et ferme une boîte d'allumettes. Il est triste et je n'y peux rien. Il s'en va et je n'y peux rien… Il faudrait lui dire que « je l'aime bien tout de même », avant qu'il parte… Il faudrait, ou j'en ai envie ? Non, je n'inventerais rien, je l'aime bien, vraiment. Marc, je regrette, non pas ce qui est arrivé, mais que tu en aies souffert… *Je te pardonne le mal que je t'ai fait.* C'est bien cela, mais c'est impossible à dire. Quel mot trouver ? Par quel bout le prendre sans le faire hurler ? Il est là, tendu en face de moi, douloureux de toute part. Il est couvert de pansements, il serre les dents, il supporte son mal et moi je suis lâche. J'ai peur des blessures, du sang. Je ne sais pas soigner. Trop maladroite et peureuse. Je ne veux pas *voir.* Alors j'enterre tout vif en fermant les yeux.

Il est assis dans le fauteuil bleu. Il me regarde toujours comme s'il faisait mon inventaire. Mes cheveux, mes mains, mes jambes. Il prend son temps. Il me déshabille avec ses yeux, lentement. Il se souvient de moi. Il dit : « Pense à dégivrer le frigidaire, tout de même, de temps en temps… Ferme les compteurs si tu t'en vas… » et encore : « J'ai mis la carte grise de la voiture dans le tiroir de la commode… Si le voyant rouge s'allume sur le tableau de bord, remets de l'huile tout de suite. »

Je ne peux plus supporter ce regard qui se promène sur moi, ni cette voix grave qui annonce que la femme de ménage a été payée ce mois-ci et qu'il faudra faire réparer le robinet de la baignoire. J'ai les yeux brûlants, les doigts froids. Je tremble. La tête me tourne.

Marc se lève, atteint sur la dernière planche d'une armoire le revolver qu'il gardait dans la maison (on ne sait jamais…), ôte les balles du chargeur et les met dans sa poche.

— J'aime mieux que tu ne sois pas armée, dit-il, tu es tellement maladroite !

Je ne proteste même pas. Je le laisse faire. Je suis brisée comme si l'on m'avait battue longtemps, longtemps. Il m'embrasse sur le front, rapidement. Un baiser à-la-Thomas ! Il m'écrira. Il est parti se coucher. Il doit se lever de bonne heure demain matin. Il a refusé que je l'accompagne… « Avec un thermos, des larmes et des sandwiches ? Et puis quoi, encore ? a-t-il ricané, des baisers tricolores ? »

J'ai fait mon lit dans le salon. Je n'avais pas sommeil. J'ai tourné en rond, longtemps, la mort dans l'âme. Je savais, depuis qu'il n'était plus en face de moi, ce que j'aurais voulu dire à Marc. Je trouvais l'attitude que j'avais vainement cherchée, une heure plus tôt. Je la trouvais trop tard, comme d'habitude. J'ai cherché ce que je pouvais faire, tout de même, et j'ai glissé une tablette de chocolat dans son sac. C'était misérable. Un geste de ma mère.

Je me suis réveillée tard, le lendemain, et la vie a continué. Un cran plus bas.

XV

À la fin, j'ai décidé de tromper le sort qui s'amusait un peu trop à brouiller nos pistes, en cessant d'attendre Thomas, puisqu'il suffisait que je parte d'un endroit pour qu'il m'y appelle, ou que j'arrive dans un autre pour apprendre qu'il venait d'en partir quelques minutes plus tôt. Cette accumulation de rendez-vous manqués, de téléphones *pas libres* ou de lettres égarées qui aurait suffi à mettre à mal un amour bien portant, achevait de désemparer le nôtre, si anémique.

Le monde se sépara en deux zones dont la plus étendue était aussi dangereuse que si la peste y était établie en permanence. La peste, c'était tout ce qui ressemblait à Thomas, tout ce qui le rappelait d'une manière précise et provoquait en moi ces émotions subites et incontrôlables qui me laissaient un peu plus affaiblie, un peu plus liée. La peste, c'étaient toutes ces rues dans lesquelles nous étions passés ensemble, les heures où nous avions accoutumé de nous retrouver ; c'étaient des mots, des expressions dont nous avions changé le sens pour notre usage personnel ; c'étaient des façons de marcher, de dormir, de respirer ; c'était presque tout.

Je commençai par changer de vêtements, de coiffure, d'âme. Je fis le ménage dans ma vie comme on bat les tapis d'une maison après que quelqu'un y est mort. Je me regardais faire, non sans une certaine admiration. Je me trouvais courageuse, et forte, de me défaire ainsi d'une montagne de souvenirs auxquels j'avais tenu plus qu'à moi-même, comme on donne aux pauvres les habits du mort, non par charité, mais pour ne plus les voir. Pourtant, ce zèle à chasser Thomas n'était-il pas encore un moyen plus hypocrite et plus malfaisant que les autres de m'occuper de lui coûte que coûte ? Cette volonté de penser à ne pas penser était ridicule et malsaine ; la peste y gagnant à tous les coups. Il fallait trancher plus vif pour en venir à bout. Faire honnêtement ce qui était possible pour retrouver ma calme indifférence d'autrefois. Il était nécessaire, pour cela, d'ouvrir à deux battants les portes de ma vie pour y accueillir le tout-venant et disperser mon amour au lieu de le tenir jalousement au secret. La peste aimait la solitude, les crépuscules, le quant-à-soi : j'allais me mêler aux autres, vivre en plein jour et pour n'importe qui. Puisque la peste avait tendance à se déchaîner dans ce musée intérieur que j'avais épousseté avec tant de soin, je pris le parti de jeter par les fenêtres ma précieuse collection. Du moins éviterais-je de voir ravager les murs qui la contenaient. Car, déjà, j'avais maigri.

C'est ainsi que j'acceptai l'invitation de Claudine Fourrès. La peste ignorait le chemin de Méréville. L'air y serait pur, et le paysage anonyme. Je n'aurais pas à m'y méfier du facteur ou des sonnettes. J'allais commencer à me porter bien.

La bande *follement drôle* qu'avait annoncée Claudine l'était assez, contrairement à ce que j'avais craint. Au milieu de ces garçons et de ces filles, la peste devenait inoffensive comme une image d'Épinal. J'aimai tout de suite leur facilité à rire de tout et de rien. La vie ne leur pesait pas lourd. Aimer, souffrir semblait ici signifier peu de chose. Du moins n'en parlait-on pas.

À part Henri et Claudine que je savais amants (la familiarité de Claudine n'en laissait rien ignorer), il était impossible de savoir, pour les autres, quels rapports autres que ceux d'une amitié sans histoire étaient établis entre eux. Pas de ces vivacités qui dénoncent les fatigues d'une liaison, ni de ces empressements particuliers qui laissent présager d'une autre, mais une badinerie sans but apparent, et répandue indifféremment de droite et de gauche. C'était vague et reposant.

La *Juine*, ainsi nommée à cause de la rivière qui traversait le jardin, était une ancienne ferme du dix-huitième siècle située à l'écart du village, sur une vague de terre, au milieu de la vallée. Une façade regardait les bassins d'une cressonnière bordée d'un coteau de sapins; la Beauce étendue sur un horizon rectiligne, où le ciel se croyait tout permis, venait buter contre l'autre côté de la maison. C'était un pays secret, étouffé, auquel il semblait difficile de parvenir autrement que par le ciel, tant étaient dissimulés les routes et les chemins qui y conduisaient.

Le jardin de la *Juine* était tout entier du côté de l'eau, discipliné jusqu'aux limites d'une prairie, abandonné à lui-même au-delà, comme si le courage avait manqué pour ordonner une végétation vivace au point que les feuilles et les branches coupées repoussaient sur-le-champ et à leur idée, dès qu'on avait le dos tourné. Les allées étaient arrêtées net par des fouillis de ronces et de fougères, et toute une garde de plantes piquantes et venimeuses qui rebutait les tentatives d'exploration.

Qui parle du silence de la campagne quand la chaleur ronfle si fort à travers les après-midi de juillet ? Ni couchée ni assise, je rêve entre mes cils dans un fauteuil de toile. Au bout de l'allée, sous les feuilles, le trait brillant de la rivière. On a coupé la prairie sur tout un carré et le soleil exaspère l'odeur de l'herbe fanée, amassée à trois pas de là en un chignon hâtif.

C'est peut-être cela, le bonheur, ce désir violent d'on ne sait quoi, cette rumeur d'un corps au soleil, cette disponibilité pour le sacrifice que personne ne réclame, pour la grâce inutile, pour la contrition parfaite quand il n'y a rien à se faire pardonner. Je voudrais éternuer à n'en plus finir et me dissoudre peu à peu, sous cet arbre où je suis. Vivre ou mourir, mais basculer tout entière du même côté en emportant des choses simples : une poignée d'herbe à la main, ce bruit des balles de ping-pong que François et David se renvoient inlassablement sous le hangar, l'odeur des lys fusillés par la chaleur contre le mur de la maison, ou cette caresse étonnante du ciel.

Une main se tend vers moi, offre des framboises que je vais chercher une à une au fond de la paume ouverte, patiente. La main vide se referme, s'éloigne et va rejoindre un long corps mince allongé à mes pieds. Il est encore plus grand à terre que debout. Il a les yeux fermés. On pourrait le croire mort sans l'ombre tremblante des cils. Il est beau et je me demande quel goût les framboises ont laissé à sa bouche... Ce que je disais tout à l'heure : basculer tout entière du même côté, du sien, par exemple, puisqu'il est là, puisqu'il s'y prête. Il n'y aurait qu'à se pencher un peu et se laisser tomber...

Thomas, Thomas, je suis en danger ! Je ne sais plus si tu avais raison ou non, lorsque tu parlais des cœurs qui n'existent pas, de l'amour qui n'est rien qu'un petit frémissement sur lequel on peut tout... Je ne sais plus rien et j'ai peur. Tout est fragile autour de moi. Je bascule trop vite maintenant. C'est l'été, c'est ce garçon qui est là près de moi... Viens tout de suite, ou tu ne me retrouveras plus. Je serai méconnaissable pour toi. Quelqu'un m'aura changée... Je n'aurai plus tes yeux, ta bouche, ton signe. Je ne m'appellerai plus *Thomas* et je n'y pourrai rien. Ne te moque pas de moi... Écoute ce que je te dis. C'est grave. C'est le plus terrible appel au secours que, peut-être, tu entendras jamais. C'est la sirène de brume qui éclate dans la lumière, le cœur qui prend l'eau sous le soleil. C'est la détresse.

Je vais ouvrir les yeux et tu avanceras dans l'allée. Tu auras su que j'étais là. Quelqu'un t'aura renseigné. Tu auras cherché Méréville sur une carte et tu es en train de venir. Le temps n'existe pas, tu sais bien. Tu es parti depuis longtemps pour répondre à cet appel que je t'adresse maintenant. Tu n'es pas loin, tu vas arrêter ta voiture du côté des champs près du porche de pierre… Tu fais à pied le tour de la maison, c'est pourquoi je ne t'entends pas venir. Je n'ouvrirai les yeux qu'au dernier moment, lorsque je sentirai ton ombre sur moi…

— Jean-Louis, crie Claudine, viens m'aider à mettre la table, s'il te plaît.

Le garçon aux framboises (c'est vrai, il s'appelle Jean-Louis) s'est levé d'un bond à l'appel de Claudine.

… Tu vois, il a compris que tu venais et il s'éloigne de moi pour que tu me trouves seule. Tous les signes sont favorables… Je compte jusqu'à cent encore, avant de te regarder, par bonne volonté. Un miracle, cela s'effarouche si vite !

Mais l'allée était vide. Thomas continuait à se promener quelque part dans le monde et j'avais l'impression de sortir d'un évanouissement. Un miracle, et puis quoi encore ! La chaleur me réussissait mal, c'était tout, ou peut-être l'arbre sous lequel j'étais assise avait-il un pouvoir d'égarement comme ces plantes exotiques à l'ombre desquelles, dit-on, on peut devenir fou. Celui-ci était un orme. Je revenais tout simplement d'un rendez-vous sous l'orme. Le calembour s'imposait.

Claudine, déguisée en paysanne des Galeries Lafayette, sautillait sur le perron dans des sandales orange, prenait des poses pour déployer une nappe, faisait Claudine-reçoit-des-amis-dans-sa-propriété-de-seine-et-oise-et-dans-un-deux-pièces-paille-garanti-nylfrance. Une vraie page en quadrichromie ! C'était tout de même quelque chose de savoir, comme elle, tenir un verre en se tordant joliment le poignet, secouer ses cheveux à la diable ou sucer son index à la façon d'une petite fille perplexe. Moi, je ne savais rien faire de tout cela. Je me sentais empotée, malgracieuse, bêtement vraie.

— Les enfants, cria-t-elle, les mains en porte-voix et le cou tendu (un geste pour présenter la collection des chandails de bateau), qui a faim ?

Du jardin arrivèrent Béatrice, Rémy, François, Odile et David. On attendit Henri qui, les pieds dans la rivière, s'obstinait à poursuivre une brème qui lui échappait toujours.

Non, je ne me suis pas laissé surprendre. Je n'ai cédé à aucun entraînement, à aucune griserie. L'odeur du foin et la bouche de Jean-Louis, enfin les framboises de l'après-midi avaient été mon seul et court vertige. J'ai pris mon temps. Je me suis choisi tranquillement un bonheur de fin de semaine, un *glapissement*, comme aurait dit Thomas à qui, par force, je donnais de plus en plus raison.

Je suivis d'abord la conversation sans y prendre part. David parlait des tics d'un professeur qu'il avait eu, autrefois. Des histoires de collège suivirent. Par bonheur, aucun des garçons présents n'avait été *à Stan*. Une nouvelle ère commençait peut-être, celle des *Juilly* ou des *Sainte-Ginette*. J'hésitais si j'allais préférer la vigueur de Rémy à l'esprit de David, la tendresse de François à la grâce de Jean-Louis. Je balançais de l'un à l'autre, je chipotais. Tout était possible. J'avais le temps nécessaire et la partie belle. Étant la nouvelle venue de cette assemblée, on me portait une attention particulière. On m'écoutait, je faisais rire, ma nouveauté intéressait. Bref, vers la fin du dîner, les filles commençaient de me faire mauvaise figure, agacées sans doute par ma désinvolture et le peu de place que je leur laissais. Claudine, seule, qui avait pris le parti de faire de moi sa *trouvaille*, m'applaudissait sans discernement.

Plus tard, pendant cette promenade que Rémy avait dirigée vers les cressonnières, le hasard voulut que Jean-Louis se trouvât près de moi au moment où j'eus besoin d'une main pour m'aider à sauter un ruisseau. Le même hasard mit encore cette main dans la mienne à propos d'un tronc d'arbre qui barrait le chemin où nous nous étions égarés. Comme la nuit noircissait et que les obstacles s'y faisaient de plus en plus nombreux, le hasard, qui, décidément, prenait soin de moi, glissa un bras de Jean-Louis autour de mes épaules, puis nous ramena à la *Juine* et soudain, fatigué, bâcleur, ou pressé d'intervenir ailleurs, nous borda dans le même lit.

XVI

Un jour, Jean-Louis s'est mis à m'aimer. Il m'a annoncé la chose d'un air embarrassé sur le ton de *tu sais, je vais être mère.* Je ne l'ai pas bousculé. « Ce n'est sûrement pas très grave, lui ai-je répondu, tu verras que cela passera tout seul. »

J'aurais pu aimer Jean-Louis. Je me le disais, parfois, lorsque nous nous promenions les doigts croisés comme de vrais amoureux. Il n'était pas très intelligent, mais pas très sot non plus. Il était beau, infiniment plus beau que Thomas et le contraire de ce dernier en tous autres points. Alors que Thomas dans ses moments de tendresse extrême conservait, par pudeur ou par tempérament, les manières d'un ours, Jean-Louis n'ignorait rien de toutes les câlineries et de toutes les douceurs par lesquelles, dit-on, la faveur des femmes se gagne à coup sûr. Malheureusement pour lui, j'avais plutôt tendance à m'accommoder des ours.

— Tu es bizarre, disait-il... On ne sait jamais à quoi il est raisonnable de s'attendre avec toi. C'est précisément au moment ou l'on désespère de t'atteindre que tu es la plus proche et à peine pense-t-on à te retenir que tu es déjà loin. Je me demande qui pourrait t'émouvoir, ne fût-ce qu'une seconde ? Au fond, tu n'es peut-être capable que de faire l'amour !

— Peut-être, mais n'est-ce pas le plus important ?

J'essayais sur Jean-Louis les raisonnements que Thomas avait tenus à ce sujet, je les développais, je les illustrais mieux encore qu'on ne l'avait fait pour moi, et cela peut-être autant pour m'en convaincre moi-même, que pour m'amuser de l'air horrifié que prenait Jean-Louis en m'écoutant.

J'ai dit que j'aurais pu l'aimer, j'ajoute qu'il m'arriva de le souhaiter au point de déployer la meilleure volonté pour y parvenir. De même que l'Église recommande la position physique de la prière pour se mettre à prier réellement, je me suis agenouillée devant l'Amour et je lui ai fait toutes les avances qui auraient dû le séduire. J'eus pour Jean-Louis toutes sortes de mouvements exquis. Avec une humilité réelle, j'essayai de prendre l'attitude d'une femme amoureuse, pour tenter de l'être vraiment.

Moi qui n'avais jamais pu, du moins en sa présence, donner à Thomas de ces noms tendres que tous les amoureux du monde prononcent d'instinct, je trouvai pour Jean-Louis de suaves *chéri* que la femme la plus passionnément éprise n'aurait pas reniés. J'inventai des silences, tombant tellement à point nommé qu'on pouvait les croire provoqués par l'émotion la plus intense. Des mouvements d'un naturel convaincant pour prendre un bras ou caresser une joue. Des élans aussi vifs et apparemment aussi spontanés que s'ils avaient été dictés par une passion réelle. J'ai un don de mime. Jean-Louis, parfois, s'y trompait. Il était bien le seul !

Enfin, j'ai été forcée de me rendre à l'évidence : ma bonne volonté d'aimer ne donnait pas le résultat souhaité. Je me voyais agir, sans parvenir à me distraire une seule minute de cet effort, qui me devint bientôt si pénible à soutenir que je ne me reposais plus vraiment qu'aux moments où le seul plaisir physique me submergeait sans me demander mon avis.

« … Je t'attendrai, disait Jean-Louis (qui ne voulait pas douter que toutes les attentions dont il m'entourait ne finissent un jour par le combler dans ses espérances). Tu ne peux pas imaginer tout ce dont je suis capable pour toi ! »

Avec lui, j'avais l'impression d'être une convalescente aux mains de son infirmière. C'était bien cela. Jean-Louis m'accompagnait dans un premier tour de jardin, au sortir d'une scarlatine. Il savait d'instinct trouver le geste qui soutient, celui qui écarte les obstacles. On aurait pu croire qu'il avait passé sa vie à marcher à petits pas. C'était doux et agaçant, mais je reprenais haleine. Le drame s'amenuisait. Mon désespoir tournait en *point de côté.* J'avais marché trop vite à cause de Thomas ; le rythme de Jean-Louis me rendait le souffle. C'était aussi une bonne occasion de pleurnicher en toute impunité, ce qui est parfois bien agréable. J'ai toujours pensé que les *larmes de crocodile* sont un bon moyen de se purger le cœur, à tout hasard. J'en abusais donc. J'exagérais ma tristesse. Je prenais de l'avance. Je me faisais plaindre à peu de frais, par Jean-Louis qui ne demandait pas mieux en espérant mieux encore… « Tu sais, j'ai eu une enfance difficile… je suis si triste… quelquefois, je voudrais mourir… qui me regretterait ?… etc. »

Jean-Louis, navré, écoutait sans m'interrompre, comme on laisse aller un délire, puis il m'emmenait promener.

Un jour, comme je m'y attendais, nous avons rencontré Thomas. Je l'avais vu, de loin, qui marchait, venant à notre rencontre sur le même trottoir que nous.

— Embrasse-moi vite, ai-je dit à Jean-Louis.

— Qu'est-ce qui te prend ?

— Dépêche-toi, ai-je trépigné, puisque j'ai envie de t'embrasser.

Jean-Louis obéit, complètement ahuri par ce caprice subit. Il était impossible de ne pas nous voir, nous tenions le milieu du trottoir. Lorsque Thomas est passé, j'avais les yeux mi-clos.

Le soir même, Thomas me téléphonait. Pouvions-nous dîner ensemble ?

À plusieurs reprises, au cours de cette soirée, j'ai vu qu'il me regardait curieusement. Pensait-il au spectacle que je lui avais offert l'après-midi même ?

— Tu pourrais tout de même me dire bonjour lorsque je passe près de toi ! dit-il enfin.

— Tu es passé près de moi ? demandai-je étonnée.

Thomas me scruta une seconde, le temps de voir si vraiment je me moquais de lui.

— Cet après-midi, dit-il, boulevard Saint-Germain.

Je feignis l'embarras.

— Il n'est pas mal, continua Thomas sournoisement, qui est-ce ?

— Une passion, fis-je modestement.

Si peu que Thomas grinçât, j'en fus ravie.

— … Et très absorbante à ce qu'il paraît !

J'ai insisté pour changer de conversation comme si celle-ci mettait ma pudeur à vif, comme si cette *passion* que je venais d'avouer ne supportait pas qu'on l'évoquât aussi légèrement.

Ce soir-là, Thomas m'annonça son départ pour les États-Unis où il était invité à un congrès. Il reviendrait au milieu d'août.

— Tu emmènes Dominique ? ai-je demandé perfidement.

— Pour quoi faire ?

— Je ne sais pas, cela vous aurait fait un beau voyage à tous les deux…

— Ah ! tais-toi, dit Thomas avec des gifles dans la voix.

XVII

Fatiguée de Paris, de Jean-Louis et du vide dans lequel je baignais depuis que Thomas était parti, j'ai décidé de prendre des vacances comme on prend un cachet lorsqu'on a mal à la tête, sans croire vraiment au remède, mais par bonne volonté.

Je suis partie un matin pour cette plage où j'avais passé tous les étés de mon enfance. Je savais y trouver la solitude qui m'était nécessaire, le repos. Le décor était tout apprivoisé. J'allais peut-être y effacer des années, retrouver le porte-parapluies où je rangeais mes pelles en rentrant de la plage, et le massif de fusains où je me cachais le soir lorsqu'on m'appelait pour me coucher.

Tout avait bien commencé. J'avais trente litres d'essence dans le réservoir de la voiture, de l'argent pour plus d'un mois, des jupes de toile et un maillot de bain, un paquet de cigarettes à peu près plein, un Diderot-Pléiade pour les jours de pluie et mes yeux bleus dans le rétroviseur pour me tenir compagnie. Le moteur tournait en pleine santé et mes vingt-cinq ans avaient bonne mine, disaient les occupants des voitures qui me dépassaient.

J'ai chanté *Trois jeunes tambours...*, je me suis arrêtée en bordure d'un champ pour le plaisir de dire que rien ne me pressait. J'avais l'avenir et la Bretagne devant moi.

Mais la solitude en face d'un volant est mauvaise conseillère, et le bruit du meilleur moteur pernicieux pour la bonne humeur. Le jeune tambour s'en va trop vite après le dernier couplet, dépité de son mauvais accueil, vivre ailleurs en peine d'une rose. La dernière note de son histoire reste accrochée au bout du capot, usée par la route toujours pareille. La voix s'éteint, découragée. Il reste l'aiguille qui se balance sur le cadran, de cent à cent dix, tout naturellement. Il reste cet animal ronflant qui se met à hurler d'effort dans les montées et qu'on soulage d'une vitesse plus faible, par pure charité mécanique. Il reste la place vide, à côté, où l'on assied son amour comme un mannequin, presque sans le faire exprès, et à qui l'on parle plus sauvagement, plus tendrement que jamais, les yeux fixés sur le prochain virage... Je t'aime à cent à l'heure, en troisième en quatrième, n'importe comment, à gauche, à droite, qu'est-ce que j'y peux, bon dieu de bon dieu de bon dieu ? Cette nuit, souviens-toi... Tu étais là, près de moi, à peine plus réel qu'aujourd'hui. Tu passais de l'avant à l'arrière par-dessus les banquettes. Tu t'amusais. Un moment, tu t'es assis derrière moi et tu as pris ma nuque dans tes mains. J'y appuyais ma tête, tu disais que j'étais chez le dentiste. Il fallait bien inventer un jeu pour justifier ce geste grave : tes deux mains sous ma tête. Chaque fois que j'en ai eu envie, par la suite, je disais que j'avais mal aux dents… Ah ! tais-toi, tais-toi !…

Puis, le mirage du goudron luisant de pluie, sous la chaleur, l'insecte qui s'écrase dans une mort barbouillée sur le sécurit, et les paris stupides avec les arbres : si je dépasse ce chêne tordu avant qu'une voiture arrive, j'aurai bientôt une lettre de Thomas. Cent vingt, cent trente, la route est vide. Une carriole y aborde par un chemin de traverse. Le chêne est passé, mais la carriole compte-t-elle pour une voiture ? Le doute est permis. Le doute est toujours permis, par définition. Thomas a mon adresse. Pourquoi la lui avoir donnée, il y a si longtemps que nous ne nous écrivons plus ! Il revient au milieu du mois. Deux semaines à attendre, mais attendre quoi ?

Où que tu sois, restes-y. Je n'ai pas besoin de toi. Je vis quand même lorsque tu n'es pas là. Je ne dépéris pas. Regarde, sont-ce là les yeux d'une âme en peine ? … Pour le reste, je suis assez grande pour me raconter des histoires. Je *brode*, c'est le propre des femmes, tu sais bien ! Je t'invente de loin à ma guise. Je me sers un super-Thomas qui ouvre et ferme les yeux, dit : « Bonjour Marianne, mon amour, ma vie… » Je sais comment se chante cette chanson-là. Tu m'en as appris l'air et j'ai de l'oreille. Tu m'as donné le ton, je continue toute seule…

Tu arrives peut-être à Philadelphie, je traverse Combourg. Ce n'est pas tout à fait au même endroit, mais c'est toujours la même planète. La séparation la plus absolue nous laisse toujours une terre en commun. Thomas et Marianne vivent ensemble à un globe de distance, presque rien, broutille et bagatelle, la porte d'à côté ! Elle n'est pas belle, la vie ? Allons, soyons jeunes, que diable, et rions bien fort !... La terre est ronde. Une vraie chance ! Plus Thomas s'éloigne, plus il se rapproche. Tout est pour le mieux dans le pire des mondes... Mais qu'est-ce qui te manque ? Tu as tout pour être heureuse... ta gueule, maman ! Tu as fait tout ce que tu as voulu... Oui, maman. Est-ce que tu peux me dire... Non, maman, je ne peux pas te dire... Tu as raison, j'ai fait tout ce que j'ai voulu.

La carriole n'avait pas dû compter pour une voiture. Une lettre de Thomas m'attendait à l'hôtel, datée de Paris. « Il se pourrait, disait-elle, que je vienne te voir vers le 18. » C'était tout et signé Thomas de toutes les manières, avec cette incertitude entretenue à plaisir, « il se pourrait... », ce grain d'espoir jeté au petit bonheur, « tu peux toujours attendre, on ne sait jamais... », *il se pourrait que je vienne te voir*... comptes-y, n'y compte pas, tu verras bien, c'est la surprise.

Saint-Laurent-des-Pins, au mois d'août, doit bien être la plage la plus froide de France. Raisonnablement, on ne peut être qu'Anglais ou mouette pour y supporter la température de l'eau et les assauts du vent, aussi n'y ai-je jamais vu que des Anglais et des mouettes. Le souvenir des bains grelottants que j'y avais pris autrefois était vérifié. L'air de Saint-Laurent m'était profitable, affirmait ma mère, pour qui un bon remède devait toujours avoir un goût désagréable.

L'Hôtel des Dunes était feutré comme une théière. Pas un bruit, pas un rire, pas un cri. Quelques enfants à l'air sournois et maladif auxquels, sans doute, l'air vif était aussi recommandé qu'à moi jadis, filaient doux, tirés par des mères hors d'usage qui s'obstinaient à leur faire construire des châteaux de sable que la mer emportait, à peine esquissés.

Quelques couples entre-deux-âges se saluaient à la croisée des couloirs, à l'entrée du salon, au sortir du bureau de tabac. Les repas dans la grande salle ouverte sur la mer étaient d'une dignité inaltérable. Le ton des voix n'y variait pas d'un bout à l'autre. Le service était monté sur espadrilles. Il me plaisait d'imaginer les convives, frappés d'enchantement, levés d'un seul mouvement et répétant en chœur :

Nous sommes des gens bien élevés
Essentiellement bien élevés
Nous ne sommes pas ici pour nous amuser
Mais pour prendre l'air et nous saluer
Nous ne rions pas
Nous vivons à petits pas
Nous sommes des gens bien élevés
Qui ne nous amusons pas.

À neuf heures, le salon était vide. Les lumières aux fenêtres des chambres s'éteignaient une à une.

Je passais mes journées sur la plage, abritée du vent dans un trou de sable, tapie les yeux au ras de la mer, guettant le moindre rayon de soleil pour sauter d'un chandail dans une vague. Le sommeil m'avait redonné bon visage. Ma peau avait foncé. Je me trouvais belle en passant devant les glaces. J'attendais Thomas. Je comptais les jours qui nous séparaient. J'essayais d'imaginer le visage qu'il aurait, les premiers mots qu'il prononcerait. Me tiendrait-il la main ? Serait-ce le matin, le soir ?

Plus les jours passaient, me rapprochant de celui qu'il avait désigné pour son arrivée *possible*, plus grandissait mon impatience. Il me semblait que je n'avais fait que cela depuis que j'étais au monde : attendre Thomas. Que je n'avais été qu'une porte ouverte pour quelque chose, quelqu'un qui devait venir depuis toujours et ne viendrait, maintenant, que dans dix jours, neuf, huit, et n'en finissait plus. Je n'avais pas vécu, j'avais usé le temps par toutes sortes de simulacres. J'avais fait semblant d'apprendre à marcher, de perdre mes dents de lait, d'aller à l'école ; j'avais fait semblant d'aimer des gens, d'en haïr d'autres, mais du bout du cœur, sans y penser vraiment, en attendant Thomas. J'avais piétiné de mensonge en mensonge, durant vingt-cinq ans, en long, en large. Ce n'était pas une vie, mais une salle des pas perdus.

Maintenant découverts, le piétinement et le mensonge réduits à leur seule valeur de prétextes devenaient singulièrement pénibles à accomplir. Je manquais de courage pour tout. Je n'avais plus envie de nager, sachant que je le faisais moins pour le plaisir d'entrer dans la mer que pour occuper un moment. Car tout, pour moi, se traduisait désormais en mesure de temps. Un repas valait une heure, fût-il le plus succulent ; un livre intéressant, deux ou trois heures ; le tour de la pinède voisine, vingt minutes seulement, sans allonger le pas. Je n'avais plus faim, je n'aimais plus les livres, les promenades m'ennuyaient. La nuit seule était par moi bien accueillie, engloutissant d'un seul trait au moins onze heures d'affilée. Par bonheur, j'avais le sommeil facile.

Je laisse à penser dans quel état je me trouvais lorsque, le jour annoncé pour l'arrivée de Thomas étant venu, je l'attendis vainement du matin jusqu'au soir, cent fois soulevée par une espérance démesurée et cent fois désespérée. J'avais l'impression de m'épuiser en une bataille difficile contre un ennemi multiplié, infiniment plus fort et plus rusé que moi. J'étais peu à peu grignotée, envahie, trahie par la gauche et par la droite, par toutes les images de Thomas, par tous les mirages de sa voix ou de son visage, par tous les signes qui auraient pu l'annoncer : ce moteur ralentissant sur la route et qui ne s'arrêtait pas ; cette porte ouverte d'une main vigoureuse et qui livrait passage, non pas à Thomas, mais au marchand de poisson. J'étais trahie par les arbres, par la mer, par les heures qui passaient l'une derrière l'autre, me blessant chacune à sa manière.

Minuit sonna ma défaite. Thomas maintenant ne viendrait plus. Je me laissai tomber sur mon lit tout habillée, épuisée d'avoir attendu si longtemps, humiliée que c'eût été pour rien et en même temps calme comme on l'est parfois, lorsqu'on a, ou lorsqu'on croit avoir touché le fond du désespoir.

Une semaine passa, morne comme un repas de famille. Je m'étais résignée à ne pas voir Thomas. J'allais même au-delà de la résignation en souhaitant ne le revoir jamais. Puis, un soir, une rage folle, inexplicable, me prit. Je partis à la tombée de la nuit, décidée à marcher jusqu'au matin, s'il le fallait, pour épuiser ce désespoir violent qui recommençait de m'agiter.

Qui appeler à l'aide ? Quelle puissance invoquer ? Quel dieu, quelle sorcière mettre dans mon jeu, de gré ou de force ? Je voulais, je désirais, j'exigeais Thomas. Pour l'obtenir, j'étais prête à tout, à n'importe quel échange, à toutes les bassesses, à toutes les grandeurs. Ciel ou Enfer, le premier qui répondrait ferait mon affaire. Je les sentais tous deux bouger autour de moi, conscients d'une proie. Ils se surveillaient du coin de l'œil. Qui des deux l'emporterait ? Si je me suis tournée vers le Ciel, c'est uniquement par habitude ; parce qu'on m'avait appris, autrefois à prononcer ce mot : Seigneur… J'avais, si l'on veut, des recommandations de ce côté-là.

« Seigneur, aide-moi ! Ce n'est pas le moment de te dissimuler dans les brouillards dont tu abusas mon enfance. J'ai grandi. Le temps est passé où tu m'écrasais de tes auréoles, le temps où la moindre confiture volée te faisait pleurer de chagrin et moi de repentir.

Je connais, à présent ta force véritable et ton indifférence.

« Toi qui ressuscitais les morts, faisais courir les boiteux et voir les aveugles, toi tu peux, si tu veux, conduire près de moi Thomas… Ou bien tu n'existes pas, tu ne m'as jamais aimée, tu es mort pour rien, homme plus souffrant que moi, plus misérable ; ou bien tu n'es qu'une imposture, une invention maudite et je n'aurai pas assez de toute ma vie pour le dire. Seigneur, aide-moi ! »

Telle fut ma plus fervente prière avec menace à l'appui, pour le cas où une supplication purement laudative n'aurait pas suffi.

Dieu n'aime pas les timides, c'est certain. On verra qu'il est quelquefois sensible à la violence, qu'il bouge un peu d'un doigt, et balance un miracle par-dessus bord, comme on cède : *Eh ! Va donc*, pour avoir la paix. C'est peut-être aussi que, lassé des louanges, il ne déteste pas, parfois, d'être pris à la gorge.

XVIII

Pensez un peu, vous qui me lisez, à ce qui vous étonna, vous émerveilla, vous surprit le plus, l'événement qui bouleversa votre vie, la minute à partir de laquelle il semble que vous vous soyez mis en marche pour la première fois. Pensez à ce Noël de vos cinq ans, lorsque vous découvrîtes le jouet que vous n'aviez même pas espéré posséder un jour. Vous étiez fasciné par lui, vous n'osiez le toucher ; on vous regardait et cette joie qu'on espérait de vous était loin d'approcher celle qui vous retournait le cœur secrètement. Pensez à ce jour de votre adolescence où vous trouvâtes le moyen de vivre à cinquante centimètres au-dessus du sol : c'était au mois de mai, elle avait posé sa tête sur votre épaule ; vous n'aviez jamais rien vu de si beau. Vous trembliez. Pleurer ou rire : vous ne saviez plus quel parti prendre. Pensez à votre nom sur la liste des *reçus au bachot.* Votre sang avait reflué à vos chevilles en entrant rue de l'Abbé-de-l'Épée. Vous étiez venu là par acquit de conscience, pour rompre l'incertitude, pour en finir. Tous les contresens de la version grecque vrombissaient autour de vos oreilles lorsque vous vous êtes approché du mur où s'agglutinaient, comme des abeilles, d'autres impatiences, d'autres espoirs mieux fondés que les vôtres. Vous avez cherché la lettre de votre nom ; vous avez trouvé celui-ci. Vous aviez le vertige devant lui. Vous le reconnaissiez à peine, derrière le grillage. Il s'agrandissait démesurément puis rétrécissait. Souvenez-vous d'avoir hésité entre la syncope et le rugissement. C'est le jour où l'Injustice vous est apparue dans toute sa bienveillante majesté, la déesse des leçons mal apprises, des devoirs bâclés, la déesse du temps perdu, de la musardise qui venait de donner une sérieuse pichenette à la sagesse des nations et faire mentir tous ses proverbes en vous récompensant.

Rappelez-vous cette sortie de prison, cette fin de la guerre, cette prière exaucée. Pensez à l'enfant que vous crûtes mort et qui vit encore. On disait qu'il tenait à un fil…

Pensez à cet instant, quel qu'il fût, où le bonheur vous cloua sur place, à trois pas de la mort, à deux doigts de la vie, et vous me rejoindrez en ce soir d'août, lorsque Thomas, alors que je ne l'attendais plus, s'encadra, plus Sandier que jamais, dans la porte de l'Hôtel des Dunes à Saint-Laurent-des-Pins (Côtes-du-Nord).

Je dis, maintenant, que tout le jour avait été étrange. Sur le moment, je n'ai fait que subir cette étrangeté, sans la remarquer autrement.

Il avait fait, depuis le matin, une chaleur écrasante, vraiment extraordinaire pour la plage la plus froide de France ! Un triste jour pour les mouettes et les Anglais, surpris par la brûlure inusitée du sable, mal consolés par la tiédeur de la mer. Ils avaient complètement disparu les uns et les autres, absorbés par des creux de rochers, des parasols. Un jour faste pour moi. J'avais nagé longtemps, droit devant moi, jusqu'à m'en faire tourner la tête. Mes épaules, à fleur d'eau, devenaient orange. J'étais sortie de la mer, lasse comme d'un homme, aussi paisible et dépourvue de désir qu'après l'amour. Heureuse, si l'on veut.

Déjà le ciel noircissait. L'orage avait éclaté pendant le dîner comme une explication. L'électricité s'était éteinte au milieu de la sole. Il y avait eu une minute d'affolement pour fermer les fenêtres que la tempête déjà menaçait. Un enfant énervé s'était mis à pousser des hurlements ; on l'avait emporté aussitôt, les jambes battant furieusement. Puis on avait allumé des bougies, tandis que la pluie commençait de hacher soigneusement les bordures d'œillets-mignardise.

Plus tard, après que les pensionnaires, impressionnés par ce *débordement de la nature*, se furent retirés dans leurs chambres, je m'installai dans le salon. Je n'avais pas envie de dormir. J'ouvris mon Diderot-Pléiade. J'étais seule, bien calée au fond d'un grand fauteuil. Par la porte ouverte entrait l'odeur de la terre mouillée et des fleurs malmenées par l'orage.

« … *Quand elle fagota son neveu, elle fit la grimace, et puis la grimace, et puis la grimace encore.* »

Cette phrase du *Neveu de Rameau* ne s'effacera jamais de moi. J'en ai fait une formule pour tenter de susciter des miracles. C'est après l'avoir lue, ce soir de l'orage, que j'ai levé la tête, troublée dans ma lecture par un regard posé sur moi, celui de Thomas, immobile sur le seuil, à trois mètres de moi.

J'étais assommée par la surprise, figée, muette. Je suis sûre que je suis morte à ce moment-là pendant au moins trente secondes, puis que tout s'est remis en marche.

— Toi ?

— Je passais... Je peux m'asseoir ?... Ou si je te dérange, je peux partir...

— Tu es fou ! Il y a longtemps que tu es arrivé ?

Comme tout était simple, comme tout reprenait doucement, sans heurt. Thomas était là depuis toujours. Il parlait.

— ... Depuis un moment. Je t'ai regardée par la fenêtre. Tu étais toute petite. Je t'ai reconnue tout de suite.

— Pourquoi dis-tu cela ?

— Parce que j'avais oublié comment tu étais... Mais c'est bien toi, c'est extraordinaire !

Thomas s'était assis et dévorait une tranche de jambon qu'une femme de chambre, affolée par un appétit aussi tardif, avait apportée d'un air inquiet.

Je le regardais attentivement. Je comprenais pourquoi il avait dit : *Je t'ai reconnue.* C'était la même chose pour moi. Je m'apercevais que l'image de Thomas, que j'avais portée en moi durant tant de jours, n'était qu'une petite partie de celle que j'avais maintenant devant les yeux. Je ne connaissais pas encore ce pli du front, cette façon qu'avait Thomas de serrer les lèvres ou de passer ses doigts dans ses cheveux, de me tendre la main, de loin, la paume ouverte.

— Allons nous promener, si tu veux.

Je suis montée dans la voiture avec le sentiment très net que j'étais devenue complètement idiote, en tout cas incapable de lier ensemble deux idées raisonnables. J'essayai de me secouer intérieurement. Je me disais que Thomas était là, vraiment, à quelques centimètres de moi, qu'il me parlait doucement, que c'était exactement ce que j'avais tant souhaité. Je me disais que Dieu existait définitivement, pour le meilleur et pour le pire, que la vie recommençait, et rien de tout cela ne parvenait à dissoudre la torpeur qui me paralysait.

Il fallut que Thomas arrête la voiture près d'un phare, que nous sortions et que le froid sur mes bras nus (j'étais partie sans penser à prendre un vêtement) me fasse claquer des dents. Il fallut que Thomas, s'en apercevant, m'enveloppe d'une veste, me prenne dans ses bras et m'embrasse brusquement pour me rendre à moi-même, à la joie, à cette nuit heureuse que je n'espérais plus.

Thomas était peut-être aussi ému que moi à ce moment-là. J'avance ceci à cause de ce qui arriva à la minute suivante, cette réaction de lucidité orgueilleuse que nous n'évitâmes jamais, chaque fois qu'un trouble auquel nous ne pouvions rien venait de nous mener à sa guise.

Nous nous sommes *vus*, tout à coup, tels que nous étions, enlacés au pied d'un phare, avec cette mer battant à nos pieds, la pluie ruisselant sur nos visages, autour de nous la nuit noire, coupée régulièrement par les éclairs de lumière et nous avons éclaté de rire à la même idée.

— C'est du cinéma, a constaté Thomas, d'un air faussement navré.

— Du Grémillon 1937, ai-je précisé aussitôt. Rien n'y manquait : le baiser fou dans la tempête à la lueur intermittente du phare. Même nos cheveux flottaient dans le bon sens du vent, je parie que tu l'avais fait exprès… Le dialogue, d'autre part, n'était pas si mauvais que cela.

— Tais-toi, dit Thomas, tu exagères ! Je te défends…

Mais nous continuâmes le film le reste de la nuit. Il y eut la séquence des mains qui ne peuvent plus se déprendre, celle du retour à tombeau ouvert dans la nuit mouillée, celle encore de l'escalier qui n'en finit pas et de la porte ouverte on ne sait plus comment, celle, enfin, qui commence par une chute doublement consentie et qu'on censure, généralement, pour laisser au spectateur le plaisir de l'inventer.

XIX

Nous sommes allés nous baigner ensemble, le lendemain, puis Thomas est parti. Il devait descendre sur la côte de l'Atlantique, passer quelque temps dans une propriété de famille. Je n'avais pas espéré le garder plus longtemps. Je n'ai pas essayé de le retenir. Je l'ai laissé, tout ensommeillé, partir vers Dominique et si j'eus le cœur serré au moment où sa voiture disparut sur la route, aucune jalousie n'en fut cause, mais seulement le sentiment d'avoir épuisé, en une seule nuit, la grande part d'un petit gâteau qui semblait, tout de même, nous être destiné. Puis, j'ai pensé qu'avec Thomas, le mieux était, peut-être, de prendre tout de suite la mentalité d'une femme de navigateur au long cours et d'accepter qu'au cours de ces voyages qui l'éloignaient sans cesse de moi, il se trouvât quelques naufrages ou quelques Tahitiennes. De toute façon, je n'avais pas le choix. J'aimais.

Tous les matins, je sautais sur le courrier. J'avais presque toujours des lettres. De Jean-Louis qui m'adressait de longues tirades enflammées dans lesquelles il se plaignait amèrement de mon absence et parlait de *notre* vie, presque de *nos* enfants futurs, comme si je lui avais jamais donné un motif de rêver d'une manière aussi précise. Lettres de Marc, plus sobres, plus réservées, qui racontait ses expéditions à travers les bleds et ne faisait allusion au passé que pour me remercier d'un bonheur que, paraît-il, je lui avais tout de même donné. Lettres de ma mère qui s'inquiétait de n'entendre plus parler de moi, me rappelait que j'étais fragile des bronches et me recommandait, pour éviter les otites, de ne pas me baigner sans tortillons de coton dans les oreilles. Des cartes de Claudine Fourrès qui trouvait Positano *sensationnel*, de Sophie Walbaum qui m'embrassait de Copenhague. De Thomas, le seul pour qui je guettais le facteur du bout du pays, rien.

Puis, un après-midi, la petite fille de l'hôtel courut vers moi sur la plage, en agitant un papier bleu. Un télégramme arrivé pour moi de Paris. On m'avait cherchée partout, on l'avait envoyée voir si… Un télégramme ? Thomas ? Je lui arrachai le papier des mains.

Ce n'était pas Thomas qui l'avait envoyé, mais ma mère. Quelques mots secs qui me mirent soudain l'estomac au bord des lèvres :

REVIENS IMMÉDIATEMENT/STOP/MARC TUÉ/STOP/ACCIDENT STUPIDE/STOP/MAMAN.

Je n'ai pas bien compris tout de suite. Cela avait l'air d'une farce. J'avais reçu une lettre de Marc, deux jours plus tôt. La petite fille restait debout devant moi. Le vent balayait des cheveux sur sa figure, emportait le télégramme. Je le rattrapai, le bloquai d'un pied, le relus, puis je renfonçai dans le sable, du bout du pied, comme une épluchure.

Même si je n'avais pas eu le temps, pendant tout le chemin du retour, de penser à ce qui venait d'arriver et de le comprendre, cela aurait été tout de suite fait, la porte de ma mère à peine ouverte. Je la reçus contre moi, subitement écroulée, comme si elle avait attendu, tout un jour derrière le battant, pour me donner, dès le premier regard, l'exemple parfait de l'attitude qu'il convenait pour moi, de prendre au plus vite.

Ma mère, qui n'avait été veuve qu'une fois, en avait pratiquement l'habitude. Les yeux gonflés, les joues mollies par les larmes, les mouchoirs en tampons sous le nez lui venaient naturellement.

Je n'eus pas le temps de demander ce qui était arrivé que déjà, elle se suspendait à mes épaules, prise d'un hoquet larmoyant et d'un délire d'explications au travers desquels je découvris que Marc, chargé avec quelques hommes d'assurer la surveillance d'une route dans l'Aurès, avait reçu une rafale de mitraillette dans le dos, qu'il avait été relevé par un hélicoptère de la Croix-Rouge et transporté à l'hôpital d'Alger où il était mort en arrivant. Sa mère était partie dès qu'elle avait appris la nouvelle... *dans l'état que tu devines !*

La tête me tourna tout à coup. Il me sembla que je n'étais plus qu'une écorce vide que ma mère secouait en tous sens pour en faire tomber quelques larmes rassurantes. Je me laissais faire, indifférente à toutes les invites au désespoir qu'elle me faisait. Je pensais à Marc. Je le voyais nettement, tel qu'il était le soir de son départ, lorsque nous tournions dans l'appartement. Je le voyais assis au bord de la table, allumant une cigarette. Plus loin encore, pendant ce voyage que nous avions fait en Espagne après notre mariage. Je l'entendais rire. Il avait l'air d'un petit garçon avec sa chemise ouverte. Il était heureux. Il disait que nous étions perdus dans un pays de sauvages et qu'il ne fallait pas nous lâcher la main, sous peine de nous voir dévorer... Je le voyais, un été, sur le haut d'un plongeoir, les bras écartés contre le ciel. Je le voyais penché sur sa table à dessin, ou endormi, ou coléreux, ou triste, ou joyeux. Toutes les images de Marc défilaient, de plus en plus vite, toute la vie de Marc comme un album de photos en désordre dont je savais que les dernières pages étaient vides, et qui ne voulait plus se refermer. Marc, à qui la mort venait de donner cent visages dont je ne pouvais admettre qu'ils fussent en train de pourrir, pulvérisés, quelque part, de l'autre côté de la Méditerranée.

La mère de Marc est revenue d'Algérie, deux jours plus tard. Je la trouvai assise dans le salon de ma mère, effondrée, toute petite contre son mari. Elle s'est dressée, pourtant, lorsque je suis entrée. Il y avait dans ses yeux une lueur curieusement combative. J'ai eu l'impression qu'elle cherchait à s'assurer que je ne lui disputerais pas la première place de la douleur. Je l'ai rassurée tout de suite. Le chagrin que je pouvais avoir était, de toute façon, d'une autre essence que le sien. Elle l'a compris très vite.

La vie offre toujours ses grâces à contretemps. La disparition de Marc, qu'il m'était arrivé de souhaiter, il n'y avait pas si longtemps, me bouleversait maintenant. C'était comme un dessert qui arrive à la fin d'un repas quand on n'a plus faim.

Je crois qu'aucune des personnes présentes, ce jour-là, n'avait été au courant du dissentiment qu'il y avait eu entre Marc et moi. Pourtant, en face d'elles, je me sentis coupable comme si tout ce qui venait d'arriver était de ma faute. Je me vois encore debout, près de la porte, la tête basse. Je ne savais plus quelle attitude prendre. J'aurais voulu pleurer, comme tout le monde. Je ne pouvais pas. Je grattais le sol du bout du pied. J'étais très malheureuse.

Après, la comédie a commencé. Marc avait été inhumé en Algérie provisoirement; on devait rapporter son corps plus tard. En attendant, on ferait un service religieux à Paris.

Ma mère, décidément, avait le sens du deuil. Les premières larmes épongées (le fait que Marc n'était tout de même pas un de ses propres enfants l'empêcha de pousser le désespoir jusqu'à l'anéantissement complet de ses facultés d'organisation), elle prit en main toutes les démarches nécessaires pour la cérémonie. Ce fut elle aussi qui trouva pour moi, en un après-midi et livré à domicile, un appareillage complet de veuve qui m'allait aussi justement que si on me l'avait cousu sur le corps. Je désapprouvais toute cette mise en scène, si étrangère à la disparition de Marc, mais je dus la subir pour avoir la paix.

Le noir m'allait trop bien. Mon visage bronzé mettait au milieu des voiles dont on m'avait affublée, une note de bonne santé assez indécente. J'ai toujours pensé que les femmes en deuil, en admettant qu'il leur soit nécessaire de se vêtir d'une manière différente, devraient choisir la couleur qui leur va le moins bien. Le rouge ou le jaune eussent été parfaits pour moi.

Je me suis retrouvée un matin dans l'église d'Auteuil, soutenue sous un bras par un frère de Marc à qui ma mère venait de confier, pour pallier sans doute la sécheresse de mon visage, que je n'allais pas très fort et que je l'inquiétais.

Pendant toute la cérémonie, elle ne cessa de me presser contre elle, comme pour faire jaillir de moi des gémissements. Elle obtint, à la longue, un certain résultat, je dirai lequel, au risque de scandaliser.

Comme je m'étonnais de la présence, au milieu du chœur, d'un cercueil recouvert d'un drapeau et entouré de cierges, alors que je savais que le corps de Marc n'était pas là, ma mère m'apprit, comme la chose la plus naturelle du monde, qu'on disposait toujours un cercueil vide, dans ce genre de cérémonies, pour lui donner, sans doute, un tour plus réel.

Cette imposture me bouleversa. J'eus tout à coup envie de me sauver. J'avais les nerfs à vif. Les orgues ronflaient du haut des voûtes. J'étais à bout de forces. J'aurais voulu trouver une épaule pour m'y endormir. Une main qui m'aurait caressé les cheveux, une présence silencieuse, chaude. J'aurais voulu être loin de cette église, près de Thomas, et je prononçai son nom, en moi, inlassablement. C'est inavouable, mais c'était pour moi le seul moyen de calmer un peu cette souffrance insupportable et que je supportais de plus en plus mal. Mais Thomas était loin. Thomas, sans doute, se souciait peu de moi. Je l'avais trouvé et perdu d'une manière fulgurante, lui qui était à la fois le tout et le vide vers quoi chaque parcelle de moi était tendue en pure perte. C'était Thomas qui était mort. C'était nous. Plus inexorablement que Marc.

Je *nous* allongeai dans le cercueil vide et j'éclatai en sanglots. Tout rentrait dans l'ordre. Ma mère, soulagée, se cala sur sa chaise.

XX

L'automne est venu. J'ai échangé l'appartement de la rue Boileau, dont les murs me rappelaient trop de choses, contre un autre, plus petit, près de chez Sophie Walbaum.

J'allais la voir souvent. Elle me prêtait des livres, me forçait à sortir, à m'habiller, alors que je me sentais tout juste le courage de sortir de mon lit pour me tapir dans un fauteuil.

C'est elle qui me trouva un travail lorsque, étant venue à bout de l'argent que Marc m'avait laissé, il me fallut en gagner d'autre et d'une façon plus régulière qu'autrefois. J'entrai comme rédactrice dans un journal de modes. Toutes les semaines, je devais prodiguer des conseils, sur plusieurs colonnes, pour éviter les points noirs, les fesses grenues ou les scènes de ménage. On m'envoyait à la découverte du plus récent modèle de poubelle à pédale ou de la couche *dernier cri* dont les nourrissons de demain n'allaient savoir se passer. Ce n'était pas toujours très drôle, mais j'acceptais volontiers cette contrainte de la copie à rendre, qui m'obligeait, la plupart du temps, à m'occuper d'autre chose que de mon brouillard.

Un soir, sans crier gare, Thomas est venu me chercher. Je ne l'avais pas revu depuis Saint-Laurent. Il est vrai que je n'avais rien voulu faire pour cela. Il avait appris la mort de Marc par Sophie Walbaum qui lui avait donné, en même temps, ma nouvelle adresse. Il me parla de Marc d'une manière qui me plut, sans se perdre en condoléances déplacées.

Nous marchions le long du champ de courses d'Auteuil. Les arbres du boulevard Suchet étaient tout dorés. Un moment, Thomas a posé son bras sur mon épaule et j'ai senti ma tristesse, une fois encore, changer de visage. Pourquoi revenait-il sans cesse vers moi ? Était-ce pour le seul plaisir d'entretenir un tourment qui le flattait ? Était-ce parce qu'il avait, tout de même, quelquefois besoin de ma présence ?

— J'aime bien te voir, dit-il, comme s'il répondait à la question que j'étais en train de me poser.

— On ne le dirait pas souvent !

— Et toi, tu m'appelles, quelquefois ?

— Non, je t'attends. Ce n'est déjà pas si mal !

— On peut durer comme ça jusqu'à des soixante-cinq, soixante-dix ans, dit Thomas reprenant le ton plaisant qui nous était coutumier… Et c'est aussi bien ainsi, ajouta-t-il. Rien de plus ennuyeux que les passions ! C'est fatigant, on y perd tout son temps, on dort mal et il n'en reste rien.

— Tu connais quelque chose qui ne soit pas ennuyeux ? demandai-je.

— Oui, le travail. En fin de compte, c'est ce qu'il y a de moins décevant. Si on n'est pas plus heureux, du moins est-on occupé et si on réussit ce qu'on entreprend, presque tout est gagné. Cela vaut toutes les amours du monde.

— Tu mens, Thomas. Tu sais très bien que nous pouvons avoir, toi et moi, des moments que le plaisir d'aucune réussite, professionnelle ou autre, n'égalera jamais.

— Je sais, dit Thomas. Mais comme tu dis toi-même, ce ne sont que des moments. Entre ces moments-là, il y a des creux, et d'autant plus creux que ces fameux *moments* furent plus élevés. Je rêve d'une ligne droite…

— Tu vieillis.

— Peut-être.

Nous étions engagés à nouveau, dans une de ces discussions *à coups de raquette* dont je savais à quelle amertume elles conduisaient. J'ai continué, pourtant.

— En somme, dis-je, après avoir fait ton petit tour de révolte, tu retombes à pieds joints dans tout ce que, jusqu'à présent, tu couvrais de ridicule. Bientôt, tu rêveras d'une Légion d'Honneur…

— Mais, je ne dis pas non !

— Parfait ! Tu auras ta propriété de campagne dans la Nièvre, ton cabinet avenue Henri-Martin, ta 403 pour les vacances, et ce sera le fin du fin ?

— Comme tu dis.

— Alors, je te conseille de ne pas perdre de temps. Tu as trente ans passés. Il te reste à peu près dix ans pour assurer ta dignité, ta gloire, ta postérité…

— C'est vrai, dit Thomas, tu me fais penser à quelque chose ! Il va falloir que je fasse un enfant à Dominique. Depuis le temps que j'aurais dû…, ajouta-t-il, comme s'il parlait de repeindre ses volets. Bon, je vais m'en occuper. Tu verras, ce sera bientôt fait. Bien sûr ! Où avais-je la tête ? Imagine-t-on un homme digne sans enfants ?

Je l'avais cherché, mais Thomas avait frappé juste. J'ai passé toute la nuit, enragée par cette sortie qui pouvait aussi bien être une boutade qu'un projet sérieux. Pourquoi, pourquoi m'avait-il dit cela ?

Moi qui m'étais toujours refusée à donner un enfant à Marc, j'en avais follement désiré un de Thomas. Lui aussi, d'ailleurs. Il me l'avait dit en plaisantant, comme chaque fois qu'il exprimait un sentiment qui le touchait de trop près.

— Un jour, je te ferai un enfant, un garçon qui te ressemblera. C'est moi qui lui retirerai les cailloux qu'il aura dans ses sandales.

C'était drôle de présenter la chose ainsi. J'avais pensé souvent à ce petit garçon, un pied levé, de qui Thomas vidait la chaussure. Il aurait eu de nous deux ce que nous avions de pire et de meilleur, la tendresse dédaigneuse, la colère, l'intelligence. Thomas venait d'étrangler cela en quelques mots.

Je haïssais cette façon qu'il avait eue de parler de cet enfant qu'il *devait* faire. Je redoutais qu'il ne mît son projet à exécution, froidement, pour me défier. Je l'en savais capable.

Ne pouvant, pour ma part, en tolérer davantage, je décidai de mettre un terme définitif à ce jeu cruel auquel nous nous livrions et dont rien de bon ne pouvait sortir.

Le soir même, je téléphonai à Thomas. Je voulais le voir d'urgence. Il dut comprendre à ma voix que quelque chose de grave se préparait. Il me retrouverait le lendemain, dans le jardin des Tuileries.

XXI

J'attendais un Thomas dédaigneux, ricanant comme je l'avais quitté la veille ; il vint plus aimable, plus gravement attentif qu'il ne l'avait peut-être jamais été.

— Qu'y a-t-il, Marianne ?

Il avait pris mon bras et se penchait sur moi, plein de sollicitude. Il ne me simplifiait pas les choses. Il eût été si facile de se laisser aller à ce bras, dans la douceur de ce matin d'automne.

J'ai tout dit, tout avoué, en vrac, n'importe comment, avec une espèce de rage, comme on lâche la valise trop lourde qui vous sciait les doigts.

— Tu me dégoûtes. Tu as été trop loin. Je n'étais pas si forte que tu croyais. Tant pis. Je t'aimais. Tu pouvais tout. Tu ne peux plus rien. J'ai honte de nous. Tu me fais du mal. Puisque tu as agi comme ces enfants susceptibles qui, craignant de perdre à un jeu le renversent, il te faut admettre que la partie soit terminée. Elle aurait pu durer longtemps… Tu as trouvé exactement les mots qu'il fallait pour me détacher de toi. Je ne te verrai plus…

Pour une fois où l'attitude narquoise qu'il adoptait volontiers m'eût été utile, Thomas avait pâli et me laissait dire, apparemment aussi ému que moi, déconcertant ainsi la résolution que je m'efforçais, déjà trop faiblement, de prendre. J'ai dû le laisser là et partir très vite.

J'avais perdu Thomas. Je me le disais en traversant le pont du Carrousel et je m'étonnai de n'en souffrir pas davantage. C'était trop à la fois. Le malheur sur toute la ligne disperse l'attention. On ne sait sur quel point se lamenter, de préférence à un autre. On n'a pas encore eu le temps de compter ce qui manque. On est léger. On se sent généreux d'avoir tout perdu, comme si on venait de tout donner. Comme si, la plupart du temps, on y pouvait quelque chose.

C'était un peu comme ce jour de la guerre : sortant avec ma mère de l'abri où une alerte nous avait précipitées, nous avions retrouvé la maison cul par-dessus tête et pleine de pompiers, avec ses deux étages au rez-de-chaussée, la table du salon basculée sous le mur de la salle de bains et la cuvette des cabinets en équilibre sur le bureau de mon père. Lui aussi, d'ailleurs était sous un tas de cailloux, mais nous ne le savions pas encore, le croyant à l'autre bout de Paris. Il était revenu pour prendre un mouchoir qu'on a retrouvé dans sa main, tout frais plié en huit comme ma mère les repassait.

Nous étions restées un bon moment à prendre note de cet avatar si total qu'il nous laissait presque indifférentes. Ce morceau de ciel inhabituel… On voyait, de la rue, les arbres du jardin, de l'autre côté, par-dessus le *tas*.

Nous pensions que nous n'avions plus de maison, simplement comme j'avais dit, en traversant la Seine, que je venais de perdre mon cœur, d'un seul coup, sans compter. Ma mère répétait calmement que *c'était une vraie catastrophe.* Elle ne s'est résolue à pleurer en détail que plus tard et à l'occasion, lorsque la chaleur lui fit regretter son frigidaire, les cérémonies, son service en baccarat, ou, les soirs d'été, mon père.

Le vide a pris forme, plus tard. C'était comme si Thomas, en traversant ma vie, y avait découpé une silhouette à sa mesure. J'avais une brèche, un point faible, un défaut. J'étais devenue un rendez-vous de courants d'air. Je prenais l'eau. Je n'étais plus abritée, ni défendue. Tout en moi était bousculé, disjoint, désaccordé. J'étais devenue un terrain vague.

Je vivais tout de même, mais d'une drôle de façon, frileuse et désemparée, comme un nouveau-né qui s'étonne de n'avoir plus, autour de lui, le doux velours des mois passés. Je me retournais brusquement sur certains visages, y reconnaissant une expression dont je n'aurais su dire où je l'avais vue, mais qui m'attirait et me révulsait à la fois. C'était irritant comme un mot indispensable qui reste à fleur de mémoire et, cependant, insaisissable. C'était Thomas-le-disparu qui se multipliait par fragments sur les autres. Jamais il n'avait été aussi diffus autour de moi. Un homme avait sa voix, un autre sa façon de marcher, d'allumer une cigarette, de saisir un objet. Je rencontrais la nuque, le dos, les yeux, les mains de Thomas, jamais lui tout entier, et je m'émerveillais de ce qu'il puisse être une somme d'éléments aussi épars. Comme ces invalides qui souffrent certains jours, du membre qu'ils ont perdu, je souffrais de Thomas que je n'avais plus. J'avais des fourmis dans le cœur. Je parlais toute seule : « … écoute, viens, regarde… » Je n'allais pas très bien.

Puis, Thomas a commencé de s'effacer. Il perdit ses angles comme un morceau de verre que la mer, longtemps, a roulé. Thomas ne coupa plus, ne blessa plus. Thomas s'effrita d'un œil, d'un cheveu, d'une image. Sans le vouloir, j'en perdis tous les jours. Thomas avait vécu. Même son nom, parfois, Thomas… Thomas Sandier, avait un son inconnu. C'est que, sans le savoir, je nous portais tous les deux.

Un jour, je compris cette vénération, toute païenne, des catholiques, pour des fragments d'objets : les étoffes ayant touché sainte Thérèse, les éclats de la Croix ou les rognures d'ongles de saint Théodore. Je ne m'en moquais plus si fort : je faisais la même chose. Mon visage, mon corps, étaient tout ce qui me restait de Thomas. Je les portais en procession. J'étais devenue une relique vivante. Ces cheveux, Thomas les avait tenus dans ses mains, et je les coiffais avec plus de douceur ; cette bouche, il l'avait caressée, et j'y posais un doigt plein de respect. J'avais pris une valeur de pèlerinage. Je me regardais dans les glaces comme on se rend à Bethléem, à Lourdes, à Chartres. J'étais devenue le temple et le fidèle d'un dieu vagabond qui se nommait Thomas, un dieu tout neuf qui n'était pas plus muet, ni indifférent au culte qu'on lui rendait, que l'autre, le dieu de tous les siècles. J'avais la foi qui console et qui fait vivre, dit-on, j'étais encore privilégiée.

Des semaines passèrent. Je travaillais beaucoup. Jean-Louis, à qui mon état de veuvage faisait l'effet d'un sac d'avoine sur un cheval affamé, avait recommencé de m'attaquer ferme. Sa mère, disait-il, voulait me connaître… Il lui avait beaucoup parlé de moi… Elle s'attendrissait sur mon sort… J'ai dû, pour me débarrasser de lui, signifier que je ne me remarierais pas, attachée à la mémoire du seul homme que j'avais jamais aimé. Jean-Louis finit par se résigner, respectant à travers Marc le souvenir de Thomas dont il ignorait l'existence.

Un soir, le dieu de mes pèlerinages m'appela au téléphone. J'avais décidé, depuis longtemps, que je ne répondrais à aucun appel venant de ce côté, mais le moyen de rester muette lorsque le *dieu* qui vous habite dit, d'une voix tranquille : « … Je ne me souviens plus si nous sommes brouillés ou non… quel est ton avis à ce sujet ? »

« Pourquoi serions-nous brouillés ? » est la réponse qui vient tout naturellement, en dépit de toutes les résolutions antérieures. Et le *dieu* parle de pluie et de beau temps. On le laisse aller, on le laisse venir. Et il vient. On l'attendait si éblouissant qu'il faut quelque temps pour s'habituer à le voir sous les traits d'un homme ; pour le nommer, très vite, familièrement, en toute simplicité, au détour d'une phrase : Thomas… Le *dieu* vous prend dans ses bras et puis se sauve. Il est passé comme une extrême-onction. On sait que si le sacrement ne guérit pas, il ne fait pas mourir.

Thomas venait ainsi, quelquefois au hasard. Nous avions appris à nous regarder par-dessus une table de restaurant comme si celle-ci eût été une vallée infranchissable, comme si nous en eussions été, chacun, seigneur d'un versant. Nous entretenions des relations de bon voisinage, avec toute la prudence que celles-ci comportent généralement. Mais le son portait mal à travers la vallée. Des échos, seulement, qui s'entrechoquaient par-dessus les hors-d'œuvre et périssaient au milieu de la corbeille à pain. Des silences à bout portant qui faisaient piquer les nez vers les assiettes. Généralement, la pluie et le beau temps allaient bon train, ton travail et le mien, les films, les livres, un tel rencontré et qui m'a dit… Nous jouions, par nécessité et faute de mieux, aux époux qui s'ennuient. Nous exagérions. Un jour, Thomas, le crayon sur la nappe, m'expliqua, avec tous ses détails, le fonctionnement d'un appareil de radioscopie… « alors, tu comprends, les rayons lumineux frappant cet endroit-là, déterminent… ». La joue dans la main, je regardais les yeux de Thomas.

— La prochaine fois, dis-je, je t'apporterai le dernier numéro de *Match*. Il y a un reportage très intéressant sur le Rond-Point de la Défense. C'est passionnant ! Figure-toi que lorsqu'ils ont enlevé l'échafaudage, la voûte de béton s'est redressée toute seule !…

— C'est formidable, dit Thomas. Moi, qu'est-ce que tu veux, ces gens-là, je leur tire mon chapeau ! Ah, mais tout à fait ! Tout à fait !

Je n'apportai pas *Match.* C'est Thomas qui trouva *l'occupation* de notre rencontre suivante.

À quoi voulait-il en venir, et pourquoi se conduisait-il de façon aussi incohérente ? M'aimait-il encore ? M'avait-il jamais aimée ? N'avait-il éprouvé qu'une de ces *flambées de peau* auxquelles on mêle le cœur un moment, par coquetterie, comme les bouchers plantent des bouquets de persil sur les cadavres comestibles de leur étalage ? Si c'était cela, pourquoi, la flambée éteinte, Thomas revenait-il sans cesse vers moi ? Était-ce pour le plaisir d'entretenir un trouble qu'on lui cachait mal et qui, tout de même, le flattait ? Était-ce le signe d'un regret, d'une velléité ? J'avais eu le temps, depuis des semaines, de retourner toutes ces questions. Thomas m'y donna, sans le vouloir, la réponse, le *soir des lettres.*

L'amour fait parler et pousse à l'écriture, c'est bien connu. Nous n'avions pas échappé à cette règle. L'encre, un temps, nous avait coulé des doigts avec une facilité incroyable. Dix pages, trois lignes, par des enveloppes tassées comme des oreillers, par de minces pneumatiques, par télégramme, par exprès, par avion, nous avions fait voler des nuages de mots. Il m'en restait une fameuse pincée au fond d'un tiroir. Je ne relisais jamais ces lettres de Thomas, mais j'aimais savoir que je pouvais le faire. Pourquoi ne pas l'avouer, j'y tenais beaucoup.

— Tu devrais les apporter, suggéra-t-il un jour, moi, j'apporterai les tiennes (tiens ! il les avait conservées, lui aussi ?). On les mélangera par ordre chronologique. Ce peut être amusant…

Bien que je craignisse beaucoup cet *amusement*, j'acceptai. Si une émotion devait naître de cette exhumation, Thomas, aussi bien que moi, pouvait en être touché.

J'apportai ma « pincée », un soir, au rendez-vous donné. Nous échangeâmes les lettres et, installés côte à côte dans la voiture de Thomas, nous commençâmes, chacun pour soi, de tourner les pages de notre belle passion.

— Incroyable !

— Quoi ?

— Que j'aie pu décrire de pareilles sornettes. Écoute : « *Ma vie, sans toi, n'a plus de sens…* » C'est d'une platitude ! d'un niais ! Tu as dû bien rire en lisant cela ! J'ai honte…

La voix de Thomas était moqueuse, mais pourquoi, en prononçant ces mots, avait-il cet air triste ? Pourquoi ne prenait-il pas complètement le parti de la dérision ? On aurait dit qu'il s'acharnait à détruire d'une main ce que l'autre construisait. Quel encouragement cherchait-il ? Je lui en donnai un, à tout hasard :

— Je ne me souviens pas d'en avoir ri, dis-je, mais c'est peut-être que j'étais aussi bête que toi, en ce temps-là. Je l'étais sûrement, écoute : ... *Tu allumes en moi la vie et la mort*... Cela ne vaut pas mieux !

Suivit un étrange dialogue, dont nous trouvions les éléments par-ci, par-là, en feuilletant nos *partitions* respectives.

— ... *Huit jours sans toi, je meurs*, lisait Thomas.

Et moi :

... *Je te retrouve dans le sable de mes poches... Oh ! Thomas, je voudrais tant qu'hier soit à venir...*

Thomas :

... *Le bonheur est insupportable. On ne peut qu'en tomber.*

(Commentant) Tiens !... ce n'était pas si mal dit...

Moi :

... *Je t'écris du fond de la nuit. Tu dors. M'entends-tu ?*

Thomas :

... *Que m'as-tu fait, Marianne ? Tout ce que je considérais comme important me paraît, aujourd'hui, ridicule... Il n'y a plus que Marianne et Thomas et j'expédie mes malades en pensant à l'heure où tu vas venir... Je vis tout de travers... Je suis hanté, bienheureux, décoré. J'embrasse l'air en m'endormant...*

Moi :

... *T'attendre, la pire des choses, la plus douce...*

Thomas :

... *Impossible venir ce soir. Je mords la poussière !*

Moi :

... *J'ai rêvé cette nuit qu'on m'avait enfermée dans une maison. J'étais ligotée et bâillonnée, assise devant une fenêtre. Je voyais marcher des gens, dehors. Tu es passé. J'ai voulu t'appeler, frapper au carreau pour attirer ton attention. Mais j'avais les mains liées et les sons ne passaient pas à travers les chiffons que j'avais sur la bouche. Je t'ai vu disparaître…*

Thomas :

… Je t'ai cherchée si longtemps !…

— Arrête, maintenant, c'est assez !

— Prête-les-moi toutes, dit Thomas, je voudrais les lire tranquillement. Je te les rendrai dans quelque temps.

Il avait pris les deux piles pour les réunir.

— Tu n'en as pas encore assez ? demandai-je. Rends-moi mon paquet et laissons dormir tout cela.

— Non, dit-il, je les garde.

C'est là que je compris où Thomas avait voulu en venir. Cette lecture, il ne l'avait proposée qu'à seule fin de reprendre et de faire disparaître ses lettres et les miennes. D'annihiler, en quelque sorte, les traces légères mais concrètes de ce qui nous était arrivé. La ruse employée pour y parvenir était un aveu. Thomas avait honte, non pas, comme il disait, de la pauvreté de son style, mais de ce qui l'avait dicté. Un bout de sa vie traînait dans ces pages comme un remords et l'empêchait de dormir. Thomas m'avait aimée vraiment, j'en étais sûre, maintenant. L'eussé-je repoussé, il m'eût sans doute aimée longtemps avec un désespoir passionné ; mais cet amour, accueilli avec la faveur qu'on sait, avait été, par là même, condamné. Le jour où il avait senti que je tenais autant à lui que lui à moi, Thomas avait commencé de se dérober. S'il lui arrivait parfois de se rapprocher de moi, ce devait être uniquement pour mesurer une fois de plus ce qu'il avait perdu, ou ce à quoi il avait échappé.

Thomas ou le goût de l'échec : il pouvait tout entier se résumer ainsi. Son mariage avec Dominique en était une preuve, sa fuite présente, une autre. Thomas, sans doute, passerait sa vie à se punir gravement d'une faute vénielle : celle de n'être pas un ange.

Si j'ai jamais détesté Thomas, c'est bien quand je le vis ranger nos lettres dans sa serviette de cuir pour les mettre hors de ma portée. Cette ruse inutile, insultante ! Je me sentais jouée. Un mouvement de rage orgueilleuse me fit devancer son projet.

— On pourrait faire quelque chose de plus amusant encore... un feu de joie, par exemple, proposai-je.

Thomas, comme je m'y attendais, accueillit favorablement cette suggestion qui servait son dessein. Restait à trouver le lieu de l'autodafé. Nous sortîmes de Paris. La nuit était noire.

— Je crains qu'il ne faille aller loin, dit Thomas, au moins en rase campagne, si on ne veut pas se retrouver entre deux gendarmes. C'est très louche d'aller brûler des papiers au bord d'une route, à deux heures du matin !

Nous tournions autour de Paris. Thomas mettait une mauvaise volonté évidente à trouver l'endroit propice. Il y avait toujours une maison à proximité, un bois que le feu risquait de gagner, l'essence allait manquer. J'avais l'impression que nous promenions un cadavre, sans parvenir à nous en débarrasser.

— Et si nous les déchirions ? proposai-je pour en finir.

— On peut.

Nous suivions la Marne. Thomas arrêta la voiture dans un renfoncement de la route. J'étendis un foulard entre nous, sur la banquette, et nous commençâmes à déchiqueter méticuleusement les papiers.

Le tas d'épluchures grossissait. Je mettais à déchirer plus d'ardeur encore que Thomas qui me regardait, surpris, m'acharner sur les petits morceaux.

— À ton avis, demandai-je, on écosse des pois, ou quoi ?

— J'en ai bien l'impression, dit Thomas. Pourvu qu'ils soient cuits à l'heure du dîner !...

Il nous fallut longtemps pour en venir à bout. Du haut d'un pont, nous ouvrîmes le foulard au-dessus de la rivière. Une longue traînée de confettis vola à travers la nuit.

— Heureusement, dit Thomas, qui avait toujours le mot pour rire, cela *réduit* à la cuisson.

C'était vrai. Le premier bouillon en eut raison.

Thomas perd ses cheveux à quelques rues d'ici. Il suffirait d'un geste pour nous retrouver. C'est assez de le savoir. C'est trop. Même en cherchant bien, il ne nous reste plus rien à déchirer. Nous nous rencontrons quelquefois, sans le faire exprès. Nous nous apercevons, de loin.

J'ai vu Thomas et Dominique traverser une rue. Je pense que c'était Dominique, cette belle brunette qui trottinait sur des aiguilles à côté de lui. Thomas la tenait par le coude. Il avait la tête penchée, et cette démarche lourde que je connais bien. On aurait dit qu'il cherchait un caillou pour le pousser du pied. Un caillou qu'il ne trouvera sans doute jamais !

Que nous est-il arrivé ? Où s'est-on égaré, si tard, si loin ? Nous avons fait la guerre et voici nos visages d'armistice. Le feu s'éloigne. Il reste l'apaisement et la nostalgie des *rentrés au foyer.*

Thomas apprend à vivre en tenant le coude de Dominique à travers les boulevards, moi en les voyant disparaître sans envie. Nous avons mérité la paix des braves.

Quelle nuit, pourtant ! Quelle bataille ! Du moins sait-on qu'on a un cœur pour en avoir abusé. Et la vie s'étend comme un sommeil qui n'aurait pas de fin. Si je m'y retourne, parfois, agitée par un rêve, si je prononce un nom que la solitude enflamme, si je divague certains soirs, je sais que c'est seulement le résultat d'une fièvre intermittente et bénigne, comme celle dont on paie, parfois, un passage aux pays lointains. Je la laisse aller, confiante en son innocuité, assurée qu'elle est éphémère. C'est presque un luxe, un rappel glorieux comme une cicatrice bien gagnée. C'est du paludisme, cette maladie élégante des grands voyageurs !

La même mort nous guette, Thomas et moi, sur des chemins différents. En attendant, il reste les cigales de l'été, le soleil contre les paupières et la mer de toutes les couleurs. Il reste les livres et les regards qu'on croise. Il reste le jeu des mots et les baisers qu'on invente. Il reste presque tout.

Un jour, j'ajusterai mon chignon devant une glace et j'aurai trente ans. Un jour, Thomas tombera de l'imparfait dans le passé simple.

Du même auteur :

Aux Éditions Albin Michel

LE CHEMIN DES DAMES
JE T'APPORTERAI DES ORAGES, *Prix des Quatre-Jurys*
LE BATEAU DU COURRIER, *Prix des Deux-Magots*
MICKEY L'ANGE
FLEUR DE PÉCHÉ, *Grand Prix de la Ville de Paris*
LE ROMAN DE SOPHIE TRÉBUCHET,
Prix Kléber-Haedens
AMOUREUSE COLETTE
LE BAL DU DODO, *Grand prix du roman de l'Académie française*
PARIS EST UNE VILLE PLEINE DE LIONS, *Photographies de Sophie Bassouls*
LA PETITE MAIN
LA GOURMANDISE DE GUILLAUME APOLLINAIRE,
Prix de la Biographie poétique
ADIEU, PHÉNOMÈNE
LA PASSION SELON SAINT JULES

Aux Éditions Herscher

AMOUREUSE COLETTE, *Album illustré*

Achevé d'imprimer en novembre 2011 en France par
CPI BRODARD ET TAUPIN
La Flèche (Sarthe)
N° d'impression : 65981
Dépôt légal 1re publication : décembre 2011
LIBRAIRIE GÉNÉRALE FRANÇAISE
31, rue de Fleurus – 75278 Paris Cedex 06